美味しくお召し上がりください、陛下

登場人物紹介
興《こう》蒼《そう》龍《りゅう》
龍華幻国の若き皇帝。
後宮に五百人の妃がいるにも
かかわらず、彼女たちを
前にすると勃《た》たなくなる
らしいが――?
黄《おう》白《びゃく》蓮《れん》
天才按摩《あんま》師。実家は
国一番の娼館を営んでいる。
男女の性感を高める術を
得意としているが、
本人は至って初心《うぶ》。

劉《りゅう》貴《き》妃《ひ》
妃の一人。
大貴族の娘で、
皇后の筆頭候補。
斉《さい》宮《きゅう》嬪《ひん》
妃の一人。
後宮で最初に
白蓮の施術を
受ける。
秋《しゅう》皓《こう》月《げつ》
蒼龍の側近で、幼なじみ。
蒼龍の性的不能を
治すため、白蓮に力を
貸してほしいと頼む。
黄《おう》丕《ひ》承《しょう》
白蓮の兄。
巨漢で力が強く、
権力にも屈しない
性格。
黄《おう》虞《ぐ》淵《えん》
白蓮の父。
「迷人華館《めいじんかかん》」という
娼館を営む。
黄《おう》春《しゅん》華《か》
白蓮の母。
年齢を重ねても衰えない
美貌を持つ。

目次

黙って周囲を窺《うかが》っていた晧月が安堵のため息を吐《つ》くのを見て、白蓮は再び口を開いた。

「……それは確かに大問題ね」

(今をときめく若き皇帝陛下が性的不能だなんて――)

そんな話が外部に漏れたら大変な騒ぎになる。

噂が広まれば皇帝の権威は失墜《しっつい》するかもしれないし、世継《よつ》ぎが作れないとなれば政界の勢力図も大きく変化することだろう。

白蓮はふと、以前耳にした現帝の評判を思い出した。

「ねぇ晧月さま。確か皇上《こうじょう》って、以前は女好きで有名だったと思うんですけど……」

その言葉に晧月は一瞬目を丸くしてから、苦笑を浮かべた。

「ええ……どちらかといえば女性好きなほうでしょうね、皇上は」

「その女好きな皇上が、どうして勃たなくなっちゃったの？」

白蓮は実家が娼館ということもあり、普通の女性なら口にするのを躊躇《ためら》うような言葉でも恥ずかしがることなく口にする。そのせいか、晧月はやや面食らった顔をした。

「ええと、それがですね……皇上が言うには『処女は面倒くさい』のだとか」

「は？」

白蓮はあっけに取られて、ぽかんとする。

晧月は、これ見よがしに大きなため息を吐いた。

「我がままなのですよ、皇上《こうじょう》は。処女でない女性を後宮へ入れるわけにはいかないというのに。初めは面倒でも何度か召すうちに慣れるでしょうと言ったら、『好きでもない女を何度も召し出す気にはなれない』とおっしゃる。現在後宮には五百人あまりの妃がおられますが、皇上が実際に閨《ねや》へ召されたのはたったの五人のみ。それも各々《おのおの》一度きりで、よくよく話を聞いてみればただの一人も手を付けなかったと言うのです」

「はあ？」

肩を落としている皓月を見て、白蓮は眉根を寄せる。

「じゃあ、性的に不能というよりは、単にやる気がないということですか？」

白蓮がそう尋ねれば、皓月は首を横に振った。

「いえ、これには皇上自身も悩んでおられるのですが……。たまに身分を隠してこっそり娼館へ行ってみるとちゃんとできるのに、妃を相手にするとだめだと言うのです」

「何それ、面倒くさい！」

白蓮が心の声を思わず口にすると、皓月も同じ気持ちだとばかりに大きくうなずいた。

そしてまたため息を吐《つ》き、心底困っているという風に眉尻を下げる。

「この問題を解決するためには、あなたが身につけた黄家の『秘技』が必要なのです。龍華幻国の未来のために、どうか力をお貸しください！」

「ええ〜……」

皓月に真剣な表情で迫られ、白蓮はだいぶ腰が引けつつも、「うーん」と唸った。

黄家が経営する迷人華館は、一般的な娼館とは少し異なっている。

客を悦《よろこ》ばせるための性技や閨の作法を娼妓《しょうぎ》たちに教えるのは、他の娼館と同じ。だが迷人華館ではそれに加え、『仕込み技』と呼ばれる特殊な按摩《あんま》を娼妓に施《ほどこ》すのだ。

『仕込み技』とは、娼妓自身をその気にさせる技である。

それを施すと娼妓の性感は高まり、肌が敏感になって濡れやすくなる。客に出す前に施せば娼妓の感度は良くなり、客の楽しみも増すというわけだ。

娼妓に対して『仕込み技』を施すのは、白蓮を含む迷人華館の経営者一家である。

黄家は古くから按摩を生業《なりわい》としてきた。先祖代々その技を磨き、按摩が人体にもたらす効果を研究するうちに、様々な効果を自在に生み出せるようになった。

一族に生まれた者はある程度の年齢に達すると、按摩の知識と技術を習得するための修業を開始する。白蓮は通常なら数年かかる修業をわずか一年で終え、その才能は長い歴史の中でも突出していた。その上、彼女が技を施すと他の者より高い効果が表れるため、一族からはとても重宝されている。

にもかかわらず、繁盛してとても忙しい店を抜け、後宮へ上がるように言われたのだ。

白蓮が父からその話を聞いたとき、一緒にいた兄は大反対した。

「後宮なんかに行って、陛下に手籠《てご》めにでもされたらどうするんだ！」

そう叫んだ兄を見て、父と母は苦笑した。

「その心配はないだろう」

「なんでだよ！　白蓮の美貌を見たら、陛下だってその気になるかもしれねぇだろ！」

「それはそうだけど……白蓮がおとなしく襲われたりすると思う？」

母の言葉に兄はぐっと詰まり、「むむ……」と唸る。

白蓮は心配してくれる兄の傍《そば》に寄り、ニコッと笑いかけた。

「大丈夫よ、兄さま。さっさと終わらせて、すぐに帰ってくるから」

兄が父のほうを見ると、父は仕方ないといった風にため息を吐《つ》いてうなずいた。

一族の長である父も、初めは相当渋ったようだ。だが皓月が何度も店を訪れては「この国の未来のために必要だ」などと大げさな言葉でしつこく要請したので、結局白蓮は後宮に上がることになったのである――

皓月の言う『秘技』は、娼妓《しょうぎ》に施《ほどこ》す『仕込み技』とは全く性質の違うものである。男性の性感を高め、普通では決して味わえない悦楽を味わわせることができる。

その効果は絶大で、何らかの理由で性的不能に陥《おちい》った男性の機能をも、著《いちじる》しく回復させることが可能なのだ。

迷人華館はこの『秘技』によって、国で一番有名な娼館となった。

だが『秘技』はその名が示す通り、黄家にとって秘技中の秘技である。それがどんな技なのかは、黄一族とそれを実際に受けた者以外には一切知られていない。

もし『秘技』について外に漏らせば二度と施術を受けることができなくなるため、客は例外なく口を堅く閉ざした。そして施術料は法外な金額であるにもかかわらず、一度『秘技』を受けた客は必ずまた店を訪れるのだ。

皇上《こうじょう》に『秘技』を施すのは、できるだけ避けたい――

白蓮はそう考えていた。

もし皇上がそれにハマってしまえば、施術者である白蓮は後宮のどこかに閉じ込められるかもしれない。下手をすると一生外に出られない、なんてこともありうる。

(そんなの考えただけで恐ろしいわ……)

白蓮はプルプルと首を横に振り、皓月のほうに向き直った。

「わかりました。まずは相手のお妃さまに『仕込み技』をやってみます。皇上が何もしなくても準備万端な状態にすれば、少なくとも『面倒くさい』とは言わないでしょう？」

皓月は不満げな表情を浮かべる。

「それで皇上の不能が治るんですか？」

白蓮は肩をすくめてみせた。

「やってみないとわかりません。でも少なくとも娼館ではできるんですから、正確には不能ではないわけですし……。『秘技』は最後の手段にして、その前に色々と試してみましょう」

「色々……ですか」

いまいち納得がいかない様子の晧月に、白蓮は念を押すように言う。

「皇上《こうじょう》がお妃さまを相手に最後までですることができれば、私の仕事は終わりですよね？　私だって早く家に帰りたいので、ちゃんと真剣にやりますから」

それを聞いた晧月は軽くため息を吐《つ》くと、「ではさっそく準備を……」と言いながら立ち上がった。

第一章　調理方法

紫華城の中枢たる宮中五殿のうち一番後宮に近い春興殿《しゅんこうでん》が、皇帝の執務場所である。

そして後宮の敷地内に入ってすぐの場所に立つ青瓷殿《せいじでん》が、皇帝の住まいだ。

お召しがかかった妃はそれぞれに与えられた房から出ると、後宮内の各宮殿を繋ぐ回廊を通り抜け、専用の渡殿《わたどの》を通って青瓷殿にある皇帝の閨《ねや》へと向かう。

今宵、この渡殿を通った娘は二人いた。

一人は斉宮嬪《さいきゅうひん》といい、この後宮に入って二年になる妃だ。

妃たちにはその出自や皇帝の采配《さいはい》により位が与えられていた。位は大きく分けると『皇后』『妃《ひ》嬪《ひん》』『宮女』の三つがある。

『皇后』は一人しかなることができない、いわゆる正妻にあたる位だ。

次の『妃嬪』は貴族の娘に与えられる位であり、上級妃嬪である「貴妃」と中級妃嬪である「妃」と「嬪」、および下級妃嬪の「貴人」「常在《じょうざい》」に分けられる。

そして一番下の『宮女』は平民の娘に与えられる位であり、皇帝の妃ではあるものの、その役割は『皇后』と『妃嬪』の世話をすることであった。

斉宮嬪にお召しがかかったのは初めてのことだ。彼女が選ばれた理由は表向きには明らかにされていないが、実家の政治的影響力が少ないわりに、召されても不自然でない程度の位があるためであった。

渡殿《わたどの》を通ったもう一人の娘は、白蓮である。

今宵の夜伽《よとぎ》を命じられた斉宮嬪に対し、白蓮は黄家に伝わる『仕込み技』を施《ほどこ》すことになっていた。

皇帝の閨《ねや》は薄灯りに照らされ、天蓋《てんがい》付きの広い寝台の端には二人の娘が、身を寄せ合って座っている。薄絹の衣《ころも》に身を包んだ二人は、先ほどから何事かを耳元で囁《ささや》き合っては、くすくすと楽しそうに笑っていた。

その様子を、壁際に置かれた屏風《びょうぶ》の隙間《すきま》を利用し、隣室から窺《うかが》っている者たちがいる。

「さっきからしゃべってばかりいるが、いつ始まるのだ？　黄家の『仕込み技』とやらは……」

「皇上《こうじょう》……お二人とも来たばかりですよ。今はまだ黄白蓮が斉宮嬪に事情を説明しているのでしょう」

暗闇に包まれた隣室——その壁に張りつくような格好で閨を覗く二人の青年は、大国の皇帝とその右腕にはとても見えない。

白蓮が斉宮嬪の頬にそっと触れ、耳元で何かを囁いた。すると斉宮嬪は頬をほんのり桃色に染めて、軽くうなずく。

それを眺めていた皇帝の蒼龍は、目を細めて白蓮を注視した。

(黄白蓮……)

斉宮嬪もそれなりに美しい娘だが、隣に座る白蓮と比べると、その美貌には雲泥《うんでい》の差がある。歳はそう変わらないはずなのに、白蓮のほうが色気においても圧倒的に勝っていた。

白蓮は斉宮嬪の腰紐をするっと引くと、彼女の耳元でまた何かを囁きながら、その身体を寝台に横たえた。

ほっそりとした白い手で斉宮嬪の肌着の前を開き、露《あら》わになった首筋から胸元にかけて、その輪《りん》郭《かく》をなぞるように触れていく。

「ふっ……あ……」

途端に斉宮嬪の口からは、艶《つや》めいた吐息が漏れ出した。

蒼龍と皓月は、驚きに目を丸くする。

「感じ始めるには、早すぎないか……?」

「……ですね。黄白蓮は一体何をしたんでしょうか?」

二人はそのまま凝視し続けた。

白蓮は口元にうっすらと笑みを浮かべながら、斉宮嬪の腰から腹、太腿《ふともも》までをゆっくりと撫でている。

胸の頂《いただき》や秘所には触れていないにもかかわらず、斉宮嬪の口からはとめどなく艶声が漏れ、それは段々と大きくなっていく。

隣室の二人はごくりと喉を鳴らし、黙ったまま閨《ねや》の中の密やかな競艶《きょうえん》をじっと見つめていた。

斉宮嬪の息が上がり、その表情が追い詰められて歪む。すると白蓮は彼女の上に覆《おお》いかぶさり、耳元に唇を寄せた。

「まだだめよ……あなたはもっと変われる……」

その囁《ささや》きはとても小さかったが、透き通った甘い声は軽やかに響き、蒼龍と晧月の耳にも届いた。

白蓮は横たわったままの斉宮嬪を、そっとうつ伏せにした。いつの間にか全身がすっかり露《あら》わになった彼女の上に跨《また》がり、そのうなじから背中にかけて指先を滑らせる。

斉宮嬪の身体はぴくっと反応し、背中を大きく反らして震えた。

「はぁっ……ん、くぅっ……」

白蓮の手が肌を撫でるたびに、斉宮嬪の口からは吐息まじりの声が漏れる。

しばらくそれを繰り返した後、白蓮は寝台から下り、最初に解《ほど》いた腰紐を拾い上げた。

斉宮嬪は熱に浮かされたような表情で早い呼吸を繰り返し、淫《みだ》らな様態を晒している。その耳元に、白蓮が何かを囁く。

そして斉宮嬪の膝裏に手を添えると、うつ伏せにしたまま膝を曲げさせて腰だけを持ち上げ、背後から男に貫《つらぬ》かれるときの体勢にした。さらには斉宮嬪の両手首を胸のあたりに寄せ、先ほど拾い

上げた腰紐で軽く縛《いまし》める。

「さぁ、仕上げよ……」

白蓮は妖艶《ようえん》に微笑み、斉宮嬪の内腿《うちもも》に指を這《は》わせた。それを彼女の膝裏から腿、ふっくらと丸みを帯びた臀部《でんぶ》へと滑らせていく。

「ひぃあっ……んっ、あああぁっ」

淫靡《いんび》な喘《あえ》ぎ声を上げる斉宮嬪を、蒼龍と晧月は驚愕の表情で見つめた。実際にこの目で見ていなければ、閨《ねや》の中で男とまぐわっている最中だとしか思えない。

斉宮嬪が絶頂へとのぼりつめる寸前で、白蓮はすっと手を引いた。そのまま自分だけ寝台から下りて身を翻《ひるがえ》すと、閨の隅《すみ》に座り、頭を下げて合図の鈴を鳴らした。

蒼龍と晧月はハッとして目を見合わせる。

その後、蒼龍は一人静かに立ち上がり、隣室から渡殿《わたどの》へ出た。

渡殿から閨の中に足を踏み入れた蒼龍は、床に額《ひたい》が付くほど低頭した白蓮を見下ろし、声をかける。

「下がってよいぞ」

白蓮は目を伏せたままわずかに頭を上げ、両手を顔の前で組んで礼を取った。そして艶《つや》のある美しい声でそっと囁《ささや》く。

「どうぞ美味《おい》しくお召し上がりくださいませ、陛下」

一体、何が起きたのか――

白蓮が下がった後も、斉宮嬪は寝台に這いつくばったまま、浅い呼吸を繰り返している。

蒼龍は彼女の身体に薄物を掛け、手首を縛っている腰紐を解いてやった。ぼんやりとして視線が定まらない斉宮嬪に、静かに声をかける。

「大丈夫か？」

斉宮嬪はハッとして目を見開いた。蒼龍に気付くと慌てて飛び起き、寝台の上にひれ伏す。

「申し訳ございませんっ、皇上《こうじょう》！」

「何を謝るのだ？　そなたは何も悪いことはしていない」

蒼龍はそう言って苦笑を浮かべると、先ほど白蓮が出て行った扉を無意識に振り返った。

「黄白蓮は……そなたに何をした？」

斉宮嬪は薄物の前を合わせて身体を隠しながら、おそるおそる口を開く。

「あの……白蓮さまは、痛くも辛くもないから安心して身を預けるようにとおっしゃいました。白蓮さまが触れた指先から、これまで経験したことのない感覚が湧いてきて……目の前が、靄《もや》がかかったみたいに白くなって……その後のことはよく覚えていません」

（そんな説明では何もわからん……）

蒼龍は軽くため息を吐《つ》くと、出入り口のほうを向き、斉宮嬪を振り返って言った。

「今日はもう自分の房に戻ってよいぞ。それが気まずいなら朝までここにいてもよい。好きにしろ」

あっけに取られた表情をしている斉宮嬪を置いて、蒼龍はさっさと閨《ねや》を出ると、そこから足早に立ち去った。

それを隣室から見つめていた皓月は、静かにため息を吐《つ》く。やがてゆっくりと立ち上がり、蒼龍が向かったと思われる春興殿のほうへと歩き出した。

＊＊＊

翌日は朝から晴天で、さわやかな風が吹く気持ちの良い日だった。

白蓮は窓の傍《そば》に座ってぼんやりしながら、時間を持て余していた。

滞在している瑠璃殿には、庭を眺めるために作られたと思われる部屋がある。庭に面する窓は床近くまで丸く大きく開いており、建物の中にいながら外にいるような心地を味わえた。

「ヒマ……」

そう呟くと、両腕をぐんと上に伸ばし、床に足を投げ出してゴロンと寝転がった。

白蓮が滞在していることは外部には秘されているため、たとえ後宮の敷地内であっても、おおっぴらに出歩くことはできない。

（私の仕事は今のところ夜だけみたいだし……）

迷人華館には昼夜問わず客が訪れていたため、休日以外でこんな風に時間を持て余したことなどなかった。

(皇上《こうじょう》は、あの後ちゃんとできたのかしら？)

妃を相手に事を成せたのであれば、あとは本人のやる気の問題だ。『秘技』を施《ほどこ》すまでもない。

「早く帰りたいなぁ……」

床に大の字になってぼそっと呟いた直後、上から声が降ってきた。

「それはお前の働き次第だな」

白蓮は広げた両手足をビクッと震わせ、驚愕の表情で固まった。声のした方向へ目だけをおそるおそる動かす。

いつの間にか、すぐ近くに立って自分を見下ろしていたのは——龍華幻国の皇帝である、興蒼龍だった。

驚きすぎて動けない白蓮を見て、蒼龍はわずかに笑みを浮かべる。

「いつまで寝てるんだ？　黄白蓮」

その言葉に慌てて起き上がった白蓮は、蒼龍の姿を初めて正面から見て、また動けなくなった。

皇帝の顔を真正面から見ることは不敬にあたるため、本来なら礼を取って低頭するべき場面だが、白蓮はその姿から目を離すことができない。

(背が高い……)

想像していたよりも若々しく、武術に長《た》けていると聞くだけあってしなやかな身体つきをしており、姿勢がよい。後ろで結われた髪と瞳は、漆黒の闇を思わせる深い色合をしている。切れ長の目に、すっと通った鼻筋。皮肉っぽい笑みを浮かべている厚い唇も、その男性的な美貌を損なわせるものではなかった。

「おい。口が開きっぱなしになっているぞ？」

いつまでも固まっている白蓮に痺《しび》れを切らしたのか、蒼龍が手を伸ばして、その額《ひたい》をトンっと小突く。

「ひぃやっ！」

短い奇声を発した白蓮はザザッと後ろに下がり、両手を合わせて低頭した。

「しっ、失礼しました！」

「ははっ、なんだ今のは」

白蓮の奇声がおかしかったのか、蒼龍は笑った。そして自分もドカッとその場に座り込む。

「堅苦しいのは好かん。楽にしていろ」

蒼龍の迫力ある見た目と気安い口調の相違に、戸惑いを感じる。白蓮は音が聞こえてしまうのではないかと心配になるくらい高鳴る胸を押さえて、そっと顔を上げた。

すると、じっとこちらを見つめていた蒼龍と目が合ってしまい飛び上がった。

（こ……こっち見てる……）

そんな白蓮の様子を面白そうに眺めたあと、蒼龍は口の端を上げてニヤッと笑う。

「昨晩とはまるで雰囲気が違うな。あのときのお前は妖艶《ようえん》で……按摩《あんま》師というより妖術師かと思ったぞ？」

その言葉で、白蓮は気付いた。

「『仕込み技』を、見ていらしたのですか？」

蒼龍は軽くうなずく。

「ああ。秋皓月と一緒にな」

それを聞いた白蓮は思わず顔をしかめた。

(覗き見じゃないの、それ……)

蒼龍は気にした様子もなく笑みを浮かべたまま、指をくいくいっと曲げてみせる。

「もっと近くに……黄白蓮」

その声音はとても低く、有無を言わせない雰囲気があった。

白蓮は息を呑むと、躊躇《ためら》いながらも立ち上がって、蒼龍の近くに寄った。

手招きした手をそのままにしていた蒼龍は、近づいてきた白蓮の手首を掴み、ぐっと引き寄せる。

「ひゃっ!?」

バランスを崩して倒れ込んだ白蓮の身体を、蒼龍は力強い腕で軽々と受け止めた。そして胡坐《あぐら》をかいた足の上にのせて、横抱きにする。

（な、なな、何なのーー!?）

皇帝陛下に抱きしめられるという不測の事態に、白蓮は冷や汗をかき、なんとか逃れようと身じろぎした。

だが蒼龍は抱きしめる腕に力を込め、白蓮の耳元で囁《ささや》く。

「昨夜は見事だったが……あの妃に対して食指《しょくし》は動かなかった。悪いが、お前にはもうしばらくここにいてもらう」

蒼龍の袍《ほう》からはとても良い香りがした。その中に蒼龍自身のものと思われる官能的な匂いが微かに混じっている。白蓮は迷人華館で使われる媚香木《びこうぼく》の匂いを思い出してクラクラした。

迷人華館では官能的な雰囲気を演出するために、媚薬《びやく》を混ぜた香木を何種類か用意している。それを媚香木と呼んでいた。

「あの……放して……」

そう頼んでも蒼龍の腕の力は緩《ゆる》まず、むしろ強くなった。

「白蓮、手を見せろ」

蒼龍はそう言って白蓮の手を取ると、それを漆黒の瞳でじっと見つめる。

「一体どんな技を使った？　あれは黄家の者でなくともできるものなのか？」

（お願いだから、耳元で囁かないで……）

蒼龍の低くてどこか艶《つや》を含む声が、白蓮の全身に響く。耳や頬にかかる熱い吐息も、白蓮の肌を強く刺激した。

「しゅ、修業をすれば……できるようになります。ただし、時間はかかりますが……」

たどたどしく答えた白蓮の様子を気にすることなく、蒼龍は「ふーん」と愉《たの》しそうに呟く。そして白蓮の手を握りながら言った。

「では、俺にあれを教えろ。女は人に用意されるより、自分で仕込むほうが好みだ」

蒼龍は「処女は面倒くさい」と言っていたはずだが、このときの白蓮には余裕がなく、そのことに思い至らなかった。その意識は自分の手の上を妖しくなぞる蒼龍の指に集中している。

「いいな、白蓮……今宵から、お前が俺の閨《ねや》に来い」

蒼龍の言葉はまるで呪文のようで、白蓮はなぜか逆らえず、微かに震えながら小さくうなずいていた。

＊　＊　＊

春興殿にある皇帝の執務室。

蒼龍は各省から次々と運ばれてくる書簡に目を通しつつ、静かに部屋へ入ってきた皓月に声をかけた。

「どうした、皓月。機嫌が悪そうだな」

皓月はその場でピタリと足を止め、目を丸くする。

「よくわかりましたね」

「お前の考えそうなことは、大体な」

龍華幻国の中でも特に高貴な家柄の生まれである秋皓月は、蒼龍の幼なじみである。

「朝からどこにもいらっしゃらないので、だいぶ探しましたよ。まさか瑠璃殿へ行かれていたとは。それだけならまだしも、黄白蓮を単身で閨《ねや》に召されるなどと……」

「ああ……女官長から聞いたのか。で、何か問題が？」

皓月は細かい文句を言い始めると止まらない。そのクセをよく知っている蒼龍は、早々に顔を上げた。

皓月は眉根を寄せて、蒼龍に疑いの眼差しを向ける。

「よもや木乃伊《ミイラ》取りが木乃伊になるようなことは……ないでしょうね？」

蒼龍は皓月をじっと見据えながら、ため息を吐《つ》いた。

「だから、何が問題だ？」

ちっとも悪びれる様子のない蒼龍を見て、皓月は苦虫を噛み潰したかのごとき顔をする。

「皇上《こうじょう》……黄白蓮は平民ですよ？　それに、いくら国一番の売上げを誇るとはいえ、迷人華館は娼館です、娼館！」

「そんなわかりきったことを今さら言うな。で？　何が問題なんだと聞いている」

再びため息を吐く蒼龍に、皓月は身を乗り出してしつこく言い募《つの》った。

「黄白蓮を後宮へ呼んだのは妃たちと事を成していただくためであって、彼女と事を成すためではありません。第一、皇上のお相手は処女であることが条件です。娼館の娘など論外です！」

その言葉に蒼龍は軽く目を見張り、怪訝《けげん》な顔で問い返した。

「白蓮が処女ではないと、なぜ言い切れる？」

「は？」

皓月は一瞬、言葉に詰まる。

「えっと……いや、だって娼館で働く娘ですよ？」

蒼龍は呆れて三度目のため息を吐き、手元の書簡に目を落とした。

「あれは按摩《あんま》師であって、娼妓《しょうぎ》ではない。ああ見えて意外と初心《うぶ》だぞ？」

「初心……？　あんなに色気のある娘が？　あ、いや……たとえそうだったとしてもっ！」

皓月は何やらぶつぶつ言ってから、首を横に振って強く否定した。

「黄白蓮を後宮に入れるわけにはいきません！　皇帝が五百人の妃たちを差し置いて平民の娘を寵愛《ちょうあい》するようなことがあっては、後宮の秩序が乱れます！」

「ははっ、それは確かに」

蒼龍は笑い飛ばすと、からかいまじりに言う。

「だが、それも面白いんじゃないか？　国の歴史に残る恋愛珍談になるかもしれん」

「皇上《こうじょう》！」

晧月が顔を真っ赤にして怒るのを尻目に、蒼龍はうっすらと笑みを浮かべた。

＊＊＊

白蓮は青瓷殿へ続く渡殿《わたどの》を一人の宦官《かんがん》に案内されるまま歩き、開かれた扉の前に下がる帷《とばり》をくぐった。

昨夜と同じ寝台には、蒼龍が薄い夜着をまとっただけの姿で横になっていた。片肘をついた姿勢でゆっくりとこちらを振り返る。

「来たか」

白蓮は帷をくぐってすぐのところに黙って膝をつき、両手を組んで低頭した。

閨《ねや》の中は静寂に包まれており、蒼龍が寝台の上で上半身を起こしたのが衣擦《きぬず》れの音でわかる。

「こちらへ……白蓮」

低く艶《つや》のある蒼龍の声も、やけに大きく響く。

白蓮は立ち上がり、寝台の傍《そば》へ歩み寄った。

すぐ目の前まで来た白蓮に、蒼龍が腕を伸ばそうとしたとき——白蓮は意を決して口を開いた。

「お待ちください、皇上」

蒼龍は怪訝《けげん》な表情を浮かべて、白蓮の顔を見上げる。

昨夜と同じく肌着と薄物のみというしどけない姿をしている白蓮は、蒼龍の漆黒の瞳に見つめられて、肌がぞくっと粟立《あわだ》つのを感じた。

蒼龍は男性らしくキリッとした眉をわずかに寄せて、問いかける。

「なぜ待たねばならんのだ？」

「あの……」

蒼龍の射抜くような瞳に圧倒され、白蓮は思わず顔を伏せた。

相手は大陸一の領土を誇る国の皇帝である。不興を買えば首を刎《は》ねられてしまうかもしれない。

(怖い……でも、負けてはだめ……！)

白蓮は顔を上げ、蒼龍の目をまっすぐに見つめ返した。

「触《さわ》るのは、私だけです」

「何……？」

一瞬目を丸くした蒼龍は、そのままじっと次の言葉を待った。

「あの……だから、触るのは私だけです。皇上が私に触れるのは……だめです」

蒼龍はしばし黙り込み、白蓮の意図を窺《うかが》うように瞳を覗き込む。

「なぜだ？」

白蓮は深呼吸すると、内心の緊張を隠しながら言葉を紡《つむ》いだ。

「これからお教えするのは、女性の身体を官能に導くための『仕込み技』です。私が皇上《こうじょう》に対して施術をしますので、皇上はそれを覚えてお妃さま相手に実践なさってください」

すると、蒼龍は顔をしかめて不満を露《あら》わにした。

「教わったらその場ですぐに実践するのが、一番効率がいいと思うぞ？」

白蓮はぐっと息を詰まらせてから、慌てて首を横に振る。

「それはだめです。私は専《もっぱ》ら『する』ほうで、『される』ことには慣れていないんです。それに……」

蒼龍は片眉を上げ、視線で先を促した。白蓮は少し気まずくなって目を伏せる。

「皇上は、お妃さまが相手のときだけできなくなると聞きました。私はお妃さまではないので……皇上にその気になられては困ります」

昼間、皓月が白蓮のところに来て「決して皇上と最後までするな」としつこく念を押していった。

だが、そんなことは言われるまでもない。

「父から、良い婿《むこ》を取って家に残るように言われています。良い婿を取るためには、処女でなくてはなりません」

蒼龍は一瞬大きく目を見張ると、何かを思案し始めた。

「処女……」

そう言ったきり黙り込んだ蒼龍を、白蓮は顔を伏せたままこっそりと窺《うかが》う。

（わかってくれた？）

やがて蒼龍はふうっと息を吐《つ》き、意外にも白蓮の提案をあっさり呑んだ。

「いいだろう。俺からは触れないと約束しよう」

白蓮が驚いて顔を上げると、なぜか蒼龍は愉《たの》しそうな笑みを浮かべていた。


蒼龍に目で促されるまま寝台に上がった白蓮は、膝立ちでゆっくり前へ進み、蒼龍と向かい合った。

足を投げ出して座っている蒼龍は、自分からは触れないと約束した代わりに、白蓮から片時も目を離さない。

白蓮は蒼龍と目を合わせないようわずかに視線を逸らしながら、ギリギリまで近くに寄った。

（いつもと同じように……）

静かに息を吐くと、蒼龍の首すじにそっと手を伸ばす。

「女性は上半身のどこかに手や唇が触れていると安心します。……女性の官能を引き出すには、常に安心感を与えることが大切です」

『仕込み技』を施《ほどこ》すときにはいつも、相手を警戒させずに官能へと誘うため、なるべく優しくゆったりした口調で話す。その声に煽《あお》られたのか、蒼龍は漆黒の瞳に情欲を滲《にじ》ませた。

白蓮が蒼龍の首すじに触れると、蒼龍は上半身をぴくっと震わせた。日に焼けたすべらかな肌は熱く、強い意志を秘めた瞳は白蓮をまっすぐに見返してくる。

やがてその目は白蓮の全身をゆっくりとなぞっていった。

触れているのは自分であるはずなのに、白蓮には逆のように思えた。蒼龍の視線を痛いくらいに感じ、肌がジリジリと焼けていく。それもひどく熱く――

蒼龍の襟元から手を入れると、夜着が肩からするりと落ちた。

白蓮は思わず目を見張る。

露《あら》わになった蒼龍の上半身は鍛《きた》え抜かれ、引き締まっていた。逞《たくま》しい胸板や肩、二の腕の美しさは、父や兄たちのそれとは全く違う。

（いけない……集中しなきゃ）

白蓮は無意識に奪われていた目を逸らし、蒼龍の肩から胸、そして腹部へと指をゆっくり滑らせた。

「ふっ……昨夜の妃のようにはいかないが、お前の手に触れられるのは気持ち良いな」

蒼龍は白蓮の顔をじっと見つめたまま、低く艶《つや》のある声で囁《ささや》く。

その視線から逃れたくてうつむくと、薄い夜着の下で膨れ上がる蒼龍の剛直が目に入り、白蓮は息を呑んだ。

娼館で生まれ育った白蓮は、幼い頃から男女の欲望や愛憎などを当たり前のように見てきた。それに、成長した後はよく娼妓《しょうぎ》と間違われ、客から欲望の籠《こも》った視線を向けられることも日常茶飯事《さはんじ》である。

だが、蒼龍が自分に向ける視線、指先から伝わる熱、そして張りつめたその欲望の証《あかし》は――

（どうしよう……）

施術中に平常心を失うことなど今までなかったのに、呼吸は浅くなり、指先が微かに震えてしまうのを抑えることができない。

「どうした？　お前にとっては珍しくも何ともないものだろう？」

蒼龍はおかしそうに言って、白蓮のほうにそっと手を伸ばした。

反射的に身体を引いて顔を上げると、蒼龍と目が合ってしまい、白蓮はそのまま動けなくなる。

白蓮を見つめる蒼龍の目は、肉食獣のようだった。獲物を捕らえるその瞬間をじっと窺《うかが》う、隙《すき》のない視線――

「だめです皇上《こうじょう》、私は……！」

白蓮が焦って首を横に振ると、蒼龍の顔には愉悦《ゆえつ》を含む笑みが浮かんだ。

「俺のほうから触れてはいけないと言うなら、お前がこれをどうにかしろ。……知っているぞ？　お前は本来、女を高みに導くよりも、男を導くほうが得意なのだと」

「……なぜ、それを？」

（もしかして調べたの――？）

驚きのあまり固まったまま、白蓮は蒼龍に何かを試されていると感じた。

蒼龍は笑みを浮かべたままこちらに顔を近づけ、白蓮の耳元で囁《ささや》く。

「お前が本当に処女だと言うならば……その身体を開かずとも、男を達《い》かせることが可能なのだろう？」

白蓮は驚愕に目を見開いた。

(それってつまり……)

「皇上《こうじょう》に、『秘技』を施《ほどこ》せとおっしゃるのですか？」

白蓮がキツく睨むと、蒼龍はますます嬉しそうに笑う。

「そういう顔をすると余計に美しいな、白蓮。だが、獲物が抵抗するほど力ずくで組み伏せたくなるものだ」

白蓮は慌てて首を横に振った。

「だめっ！」

その反応を満足げに見た蒼龍は、低い声で囁く。

「では……わかるな？」

蒼龍の有無を言わせぬ眼差しが、白蓮を貫《つらぬ》いた。

後宮に召されることが決まったとき、父は白蓮に言った。

『いざとなったら思い出しなさい。お前の手にかかって快楽に溺れない男など存在しない。それはたとえ陛下といえども同じこと』

白蓮が後宮に召されたのは妃になるためではなく、按摩《あんま》師としての腕を買われたからである。

だが、もし宮中で貞操の危機を感じるようなことがあれば、そのときは相手に『秘技』を施しても構わない――父はそう言ったのだ。

白蓮は蒼龍の纏《まと》う雰囲気に呑まれそうになっていたが、『秘技』を施すよう促されたことで、父に言われた言葉を思い出した。

『秘技』を施せば、処女を奪われる前に蒼龍を達《い》かせることができる。

しかし、『秘技』は黄家の秘中の技である。そう簡単に晒すわけにはいかない。それに『秘技』は今の白蓮にとって、諸刃《もろは》の剣でもあった。

男性の性的機能を著《いちじる》しく回復するほどの強烈な快楽を引き出し、相手を例外なく骨抜きにすることができる。

それだけならいいが、蒼龍を術の虜《とりこ》にしてしまい、宮中のどこかに拘束されたり、施術を何度も強要される事態に陥《おちい》ることは避けたい。

屈強な父や兄と違い、自分は身体が細く力もないただの女なのだ。

（とりあえず、この場はどうにかして皇上に達してもらうしかない……）

白蓮は『秘技』を使わずに蒼龍を達かせる方法を考え始めた。

＊　＊　＊

一方――

蒼龍は顔つきが変わった白蓮を興味深く観察していた。

皇帝である自分を睨みつけるほどの気の強さを露《あら》わにした白蓮は、元々の美しさとも相まって、蒼龍の征服欲を強く掻き立てる。

（こんなに欲望をそそる女には出会ったことがない）

力任せに夜着を剥《は》ぎ、泣き叫ぶ白蓮の喉元に歯を立てながら抱き潰すのもいいし、全身を舐めて味わいつくし、啼《な》いて赦《ゆる》しを乞うまで甘く攻め抜いてもいい――

蒼龍は先ほどから痛いくらいに猛《たけ》っている自身の欲望の証《あかし》を見て、うっすらと自嘲的な笑みを浮かべた。

そこへ不意に、高くて甘い白蓮の声が響く。

「皇上《こうじょう》」

気が付くと、すぐ目の前――息がかかりそうなほど近くに、白蓮の白くて細い首や小さな耳、赤くみずみずしい唇が迫っていた。

彼女の纏《まと》う甘くて柔らかい香りに包まれる。

「約束どおり……皇上からは、私に触れないでくださいね」

そう耳元で囁《ささや》いてから少しだけ身体を離した白蓮は、まるで華が咲き開くように妖艶《ようえん》な微笑みを浮かべた。昨晩、この閨《ねや》で斉宮嬪に施術していたときと同じ表情である。

蒼龍は白蓮の急な変化に驚き、ごくりと唾を呑み込んだ。

先ほどとは違い、白蓮は蒼龍の首すじにしっかりと手で触れてきた。温《ぬく》もりが直《じか》に伝わってくる。

「女性に対する施術と男性に対する施術とでは、やり方が全く異なります。今から行うのは男性に対するものですから、お妃さまを相手になさるときには、お間違えなく」

ふふっと笑った白蓮の吐息が、蒼龍の頬にかかる。

少しでも顔を横に向ければ、白蓮のうなじに口づけてしまいそうなほど距離が近かった。

「皇上……素敵です。鍛《きた》えられた逞《たくま》しい身体……滑《なめ》らかでとても熱い肌……」

白蓮の透き通っていて甘い声が、蒼龍の耳に流れ込んでくる。

「私も……とても気持ちいい……」

するると寒気にも似た快感が蒼龍の背中を駆け上がった。

(なんだ、これは――)

白蓮の手は首の両側から鎖骨にかけて撫でた後、肩から二の腕へと滑るように這《は》う。

「男らしい……力強い腕……もう一度、抱きしめて欲しい……」

口調は淡々としているのに、その声音には、ところどころ切なげな響きが交じる。

（罠だとわかっているのに――）

蒼龍は白蓮の手の感触と耳元にかかる吐息、そして何よりも欲望を刺激してやまない甘い声に、絶えず快感が湧き起こるのをどうすることもできなかった。

不意に白蓮が上半身を起こし、蒼龍の身体から手を離す。

「横になってください、皇上《こうじょう》。これから私が上に乗りますが……無礼だと怒らないでくださいね？」

（上に……？）

誘うような目つきで微笑む白蓮は、処女だと言われても容易には信じられないほどの色気と香気を放っている。

彼女は蒼龍の目の前で着ていた薄物を肩から抜き、上半身は薄絹の肌着のみの姿になった。

「なっ……！」

身体が細いわりにしっかりと膨らんだ乳房と、ほんのり色づいた胸の頂《いただき》が透けて見える。

驚きのあまり固まった蒼龍に、白蓮は膝立ちのまま近づいてきて、また耳元で囁《ささや》いた。

「私に触れたくなっても……我慢してくださいね？　触《さわ》るのは……私だけです」

柔らかい声音でそう念を押し、蒼龍の耳にそっと唇を押し当てて、耳朶《じだ》を甘く喰《は》んだ。

ぞくっとして、蒼龍が思わず目をつむると、白蓮はふふっと笑い声を漏らす。

「感じやすいのですね、皇上は。でも私は……そのほうが好きです……」

もしかしたら、呪術をかけられているのではないか――

そう疑いたくなるほど強い快感を伴いながら、白蓮の声は蒼龍の全身に響く。囁かれるたびに、官能がより深くなっていった。

白蓮に軽く胸を押された蒼龍がそのまま寝台に横たわると、先ほど宣言した通り、白蓮はゆっくり上にのしかかってきた。そして夜着の裾から白くなめらかな下肢をのぞかせながら跨《またが》る。

下から仰ぎ見る白蓮の姿態《したい》はこれ以上ないくらい艶《なま》めかしく、壮絶とも言えるほどの色香を放っている。

「達したくなったら……いつでも言ってくださいね？　これから……とても気持ちのいい夢の中にお連れしますから……」

白蓮はそう囁くと、またあの妖艶《ようえん》な微笑みを浮かべて蒼龍を見下ろした。

＊　＊　＊

「はっ……うぁっ……くっ、んんっ……」

蒼龍は絶え間なく続く快楽に耐えかね、苦しげな呼吸を繰り返している。

白蓮は薄い肌着の上から透けている乳房を見せつけるように背中を反らし、蒼龍の上でゆったりと身体を揺らした。

全身に無数に散らばるツボを刺激して、より深いところから快楽を引き出す。それと同時に視覚、嗅覚《きゅうかく》、聴覚を刺激して官能に誘い込んだ。

白蓮の手が蒼龍の身体をなぞるたびに、口から呻《うめ》き声が漏れる。

蒼龍がキツく眉根を寄せ、目を閉じて顔を逸らすと、白蓮はその頬に手を添えて耳元で囁《ささや》いた。

「目を閉じてはだめ……私を見て。その目で、視線で……私を犯してください、皇上《こうじょう》――」

「白蓮……！」

不意にこちらへ伸ばされた蒼龍の手を、白蓮は優しく握り、そっと敷布の上に戻した。

その手は敷布を血管が浮き出るほど強く握り、白蓮に触れたいのを我慢している。

(自分からは触れないと言った約束を、守ろうとしているの……？)

白蓮は蒼龍の意志の強さに驚いた。

ここまできてなお、耐えることができるとは――

今の蒼龍は官能を高めるだけ高められているのに、達《い》かせてはもらえない状態だ。どこに触れられてもひどく感じてしまい、すぐにでも精を放ってこの責め苦から解放されたいと思っているはず。

これが他の男だったら白蓮を力で押さえつけて犯そうとするか、あるいは待つことができずに自らの手を使って達こうとするだろう。

だが白蓮は驚きを顔には出さず、苦痛と紙一重《かみひとえ》の快楽に耐えながら自分を見上げる蒼龍に微笑みかけた。

「そう……そのまま私を見て……あなたのその、強い目が好き……」

そう囁くと、蒼龍の深い漆黒の瞳が欲望の色を滲《にじ》ませたまま、切なげに細められる。

荒い息づかいに、上気して汗の玉が浮かぶなめらかな肌。鍛《きた》えられて引き締まった男らしい身体つき——


自分に向けられる男性の欲望を、白蓮は生まれて初めて心地好いと感じた。

白蓮の内腿《うちもも》には蒼龍の欲望の証《あかし》が触れているが、少しも不快ではない。

それどころか蒼龍の肉欲をもっと刺激して、悦楽の地獄へどこまでも引きずり堕《お》としてみたいとすら思わせる。

白蓮は蒼龍を見下ろしながら、憐憫《れんびん》を含んだ笑みを浮かべた。

「苦しそう……すごく達《い》きたいのに……あと少しだけ、足りないのでしょう……？」

すると蒼龍は耐え切れないという風に眉根を寄せ、白蓮を見つめて叫んだ。

「頼む、白蓮っ……もう達かせてくれ……！」

その言葉を待っていたとばかりに微笑むと、白蓮は蒼龍の身体の上から下りて、蒼龍を上半身だけ起き上がらせた。

蒼龍の足の間には、熱く滾《たぎ》って今にも弾けそうなほど硬くなった肉棒が隆起している。彼の手をそこに導くと、白蓮は静かに囁いた。

「根元を強く握ってください。どうしても我慢できなければ……手を離してもいいですよ」

困惑した表情を見せる蒼龍に、白蓮は優しく微笑みかける。そして蒼龍の足の間に屈《かが》み込み、屹《きっ》立《りっ》した肉棒を口に含んだ。

「うぁっ……！」

もう限界まで高まっていた蒼龍は、驚きと急な強い刺激により、そのまま果ててしまった。

白蓮は勢いよく放たれた白濁《はくだく》を、口で咥《くわ》えたまま受け止め、飲み下す。身体を起こすと自分の唇の端を指で拭《ぬぐ》い、その指先をぺろっと舐めて満足げに微笑んだ。

そして衝撃のあまり茫然としている蒼龍に向かって囁《ささや》く。

「黄家の技はいかがでしたか？　陛下……」


今夜はもう下がっていいと言われ、瑠璃殿に戻ってきた白蓮は、こう思った。

（やりすぎた……）

ある程度まで性感を高めたら、蒼龍の視覚を刺激しつつ自慰《じい》をしてもらうか、もしくは白蓮が手を使って達かせるつもりだった。

寝台に寝転がった白蓮は高い天井を見上げながら、先ほどの房事をぼんやりと思い返す。

（すごく素敵だった、皇上《こうじょう》……）

余裕の笑みが快感で徐々に崩れ、苦しそうに眉根を寄せてぎゅっと目をつむった、あの顔。

欲望に濡れて熱を孕《はら》んだ漆黒の瞳、鍛《きた》え抜かれた筋肉、汗ばむすべらかな肌、白蓮のほうへ何度か伸ばされた手——

店の客と違い、その手を拘束していたわけではない。なのにあそこまで性感を引き上げられてなお、蒼龍は最後まで白蓮に触れなかった。

（約束を守ってくれた……）

白蓮の口元には、知らぬうちに笑みが浮かぶ。

白蓮を征服して支配しようとする欲望に打ち勝ち、限界ギリギリまで堪《こら》えてみせた強い意志の力。

そして何よりも、耐え切れずに屈服した瞬間の、あのすがるような眼差し——

それを思い出した白蓮は、ぞくりとくる快感に身震いした。

（こんな気持ちは初めて——）

寝返りをうち、身体を丸くして目をつむると、まぶたの裏に浮かぶ蒼龍の眼差しを記憶に焼き付けた。

＊　＊　＊

翌日、白蓮は昨日と同じように時間を持て余し、ぼんやりしていた。

（やることないなぁ……）

庭を眺められる窓から、風に揺れる木々や草花を眺めていたら、いつの間にか背後に立っていた侍女がこう告げた。

「白蓮さま、斉宮嬪さまの遣いの者が参っております」

白蓮は慌てて振り返る。

(斉宮嬪……？)

以前、自分が皇上《こうじょう》の閨《ねや》で『仕込み技』を施《ほどこ》した妃である。

一体何の用だろうと怪訝《けげん》に思いながらも、白蓮はさっと立ち上がり、遣いの者が待つ部屋へ急いだ。

そして話を聞けば、斉宮嬪はあの日受けた『仕込み技』の快楽が忘れられず、どうしても再び施術してもらいたいのだという。しかも報酬は弾むとのこと。

白蓮としても、願ってもない話だった。どうせ昼間は時間を持て余している。

だが普通の按摩《あんま》ならともかく、『仕込み技』をやるとなると場所が問題だ。皇帝のいない昼間の後宮にあられもない声が響けば、周囲の人々は何事かと思うだろう。

一人で考えても仕方ないので、白蓮は斉宮嬪に直接会いに行くことにした。

嬪の位を持つ斉宮嬪は、上級から中級の妃嬪《ひひん》およそ五十人が暮らす茉莉殿《まりでん》にいる。

合わせて四百五十人ほどいる下級妃嬪と宮女は、桂花殿《けいかでん》と呼ばれる大きな宮殿で暮らしていた。

(妻が五百人もいると、お金かかりそう……)

斉宮嬪の遣いの者と共に茉莉殿へ向かった白蓮は、豪奢《ごうしゃ》な宮殿を見上げ、感心のため息を吐《つ》いた。

「白蓮さま！」

顔を合わせた途端、斉宮嬪は飛びつかんばかりの勢いで傍《そば》に寄ってくる。

「わざわざ来てくださったの？　嬉しい！」

どうやら斉宮嬪は人付き合いが好きな性質《たち》らしく、房には他の妃たちが何人か集まり、お茶やお菓子の他、色とりどりの小物や反物などを広げて楽しんでいた。

「皆さま、この方が先ほどお話しした黄白蓮さまですわ」

斉宮嬪の言葉に、その場にいた妃たちは一様に目を丸くして「まあ！」「この方が？」「本当に？」などと言いながら興味深げに白蓮を見つめる。

（一体どんな話をしたの……？）

白蓮が戸惑っていると、斉宮嬪は強引にその腕を取って部屋の中へと引っ張り込んだ。

途端に妃たちが白蓮を取り囲む。

「あなた、本当にあの黄一族の方なの？」

「閨に召された妃は按摩をしてもらえるって本当？」

「『仕込み技』の噂は聞いたことがあるわ。どんな女性でもたちまち虜《とりこ》になるほど気持ちいいんですってね」

（素性がバレてる……⁉）

白蓮が斉宮嬪を振り返ると、目が合った彼女は「ごめんなさいね、調べちゃった」と言ってフフッと笑った。

(貴族のお嬢さまって侮《あなど》れない――――!)

当然、「皇上《こうじょう》の不能を治すために呼ばれました」などとは口が裂けても言えないので、白蓮は妃たちの勘違いを上手く利用することにした。

「私の仕事は閨《ねや》に召されたお妃さまに按摩《あんま》をして、睦《むつ》み事の前の緊張をほぐして差し上げることなのです」

するとお妃たちは、揃って残念そうな表情を浮かべた。

「つまり閨に召されないとしてもらえないの?」

「黄一族の技を体験する絶好の機会なのにっ!」

「私たちが閨に召されることなんかあるかしら?」

「斉宮嬪さまだって、結局お手は付かなかったのでしょう?」

少々失礼にも思える発言だったが、斉宮嬪は気にした様子もなく答えた。

「ええ。でもそれは他のお妃さまたちも同じだって聞いたわ」

「皇上の後宮嫌いは相変わらずってことね」

「じゃあ、やっぱり私たちが呼ばれる機会なんてないんじゃない?」

妃たちからじっとりとした眼差しを向けられた白蓮は、彼女たちが何を言いたいのかを察してうなずいた。

「わかりました。『仕込み技』は無理ですが……黄家の按摩をお試しになりますか？」

するとその場にいた妃たちは全員、飛び上がって喜んだ。

斉宮嬪は一人残念そうにしていたが、『仕込み技』は特別な技だから閨の中でないと施《ほどこ》せないと話すと、どうにか納得してくれた。

そうして身体の凝りをほぐす按摩を順番に施したら、妃たちは一人残らずそれにハマってしまったのだ。

噂が噂を呼び、按摩の要望が殺到したため、白蓮は連日茉莉殿に通い、妃たちに按摩を施している。白蓮としても、時間を潰せて報酬も手に入るので、何も不満はなかった。

＊＊＊

秋皓月は焦《じ》れていた。

白蓮が単身で閨に召された日から、すでに三日が経っている。

実はあの晩、皓月は隣室に忍び込み、二人のやり取りを見守っていたのだ。

だがうっかり口を滑らせ、そのことを蒼龍に自らバラしてしまった。

そして怒り狂った蒼龍から「最低でも三日は顔を見せるな」との厳命が下されたのである。

あれから白蓮も含め、誰にもお召しはかかっていない。

蒼龍の閨《ねや》での問題が解決したとは到底考えられないし、もう一つの目的も果たせたのかどうか、よくわからなかった。

実は、蒼龍と晧月が白蓮を後宮へ召し上げた理由は、そもそも二つあったのだ。

一つは蒼龍が、なぜか妃に対してのみ全くやる気が起きないという困った問題を解決するため。

そしてもう一つは、龍華幻国一の売上げを誇る娼館——迷人華館の謎を解くためであった。

迷人華館が男性客に対して行っている『秘技』は有名だが、実際にどんなことが行われるのかは、ほぼ完全に秘されている。

施術を受けた客は、もしその秘密を人に話せば二度と迷人華館に入れなくなるので、決してその内容を外に漏らすことはなかった。

宮殿に参ずる高官の中にも、時折その『秘技』にハマる者がいる。多額の借金を背負って身代《しんだい》を持ち崩す者まで現れ、蒼龍は以前から迷人華館の『秘技』に強い警戒心を抱いていたのだ。

晧月は蒼龍とともに身分を隠して何度か迷人華館を訪れてみたが、普通に娼妓《しょうぎ》を買うだけでは『秘技』のことは探れない。

いっそのこと『秘技』を直接受けてみようかとも思った。だが調査代として支払うには施術料金があまりにも高すぎるし、自分自身がハマって抜け出せなくなってしまうことも怖かった。

そんなある日、迷人華館に出向いた蒼龍が白蓮を見つけたのだ。

どの娼妓よりも美しく、なのに決して表には出てこない娘――

何かあるという蒼龍の予感は、見事に的中した。

白蓮こそ、訪れる客を軒並み魅了する『秘技』の使い手だったのだ。

彼女に関する調べが進むほどに、蒼龍は白蓮に対する興味を深めていった。そのことに軽い危機感を覚えながらも、皓月は黄家との度重なる交渉の末、白蓮を後宮へ召し上げることに成功した。

はたしてあの閨でのやり取りで、蒼龍は迷人華館の『秘技』の謎を解いたのだろうか――？

それが気になって先ほど執務室を訪ねた皓月は、蒼龍から「まだ当分謹慎していろ」と冷たく追い払われた。

(何もあんなに怒ることはないのに……)

そう思いながら、白蓮が滞在している瑠璃殿へ向かう。

白蓮に一方的に籠絡《ろうらく》されてしまったことを気にしているようだが、むしろよくあそこまで耐えたものだと皓月は思っている。自分だったら、あの半分も耐えられなかっただろう。

ただ見ていただけの皓月にとっても、あれは刺激が強すぎた。しばらく白蓮と顔を合わせる勇気がなく、こうして三日も過ぎてからようやく瑠璃殿を訪れる気になったくらいだ。

だがいざ来てみると、そこに白蓮の姿はなかった。

女官に確認したら、妃たちの暮らす茉莉殿に出掛けているという。

（なぜ勝手にうろついている――？）

探しに行きたいところだが、後宮内は男子禁制だ。中に入れるのは皇帝と、去勢された宦官《かんがん》のみである。

ここ瑠璃殿も後宮内にあるが、敷地のはずれに立つ隠離宮《かくしりきゅう》であるため、蒼龍に許可された男性は例外的に出入りすることが可能だった。

とはいえ瑠璃殿以外の場所を出歩くわけにはいかないので、皓月は焦《じ》れったく思いながらも、このまま白蓮の帰りを待つことにした。

＊＊＊

日が暮れ始めた頃――

瑠璃殿に戻ってきた白蓮は、眉間《みけん》にシワを寄せて座っている皓月を見て首を傾げた。

「何してるんですか？」

「それはこちらの台詞《せりふ》です。こんな時間まで、一体どこで何をしていたのですか？」

長時間待っていたのかだいぶ機嫌が悪そうだが、貴族風のたおやかな顔をしている皓月は、怒っていてもあまり迫力がない。

「あー、ちょっと出張按摩《あんま》を……」

「は？」

意味がわからないといった様子の晧月に、白蓮はこれまでの経緯を簡単に説明した。

「お妃さまたちに、瑠璃殿に来ていただくのはまずいかなぁと思って……それで私が茉莉殿に出張することにしました」

白蓮はそう言って、晧月の目をじっと見つめる。

「で？　晧月さまは何しに来たんです？」

「えっ……あ、いや」

なぜか急に狼狽《うろた》え始めた晧月に、白蓮は怪訝《けげん》な目を向けた。

「あ、あなたの様子を見にきただけです。ちなみに、皇上《こうじょう》はあれから自室に籠《こも》っています。どうも私が見ていたのが気に食わなかったようで……」

「え？　見ていたって何を？」

白蓮は目をパチパチと瞬《しばたた》かせる。

晧月は「しまった」という顔をしたが、すぐに言い訳するのを諦めたらしく、正直に答えた。

「……あなたが、皇上に施術をするところをです」

白蓮は目をさらに大きく見開いてから、呆れ顔をした。

「あれを覗いてたの？」

「わ、私はどうなるか心配で……」

焦って言い訳する皓月に、白蓮はこの上なく冷ややかな眼差しを向け、ばっさりと斬り捨てた。

「皓月さま、最低――」

翌日、がっくりと肩を落として歩く皓月を見かけた蒼龍は、その哀愁漂《ただよ》う姿に同情し、仕方なく謹慎を解くことにしたという。

第二章　閨《ねや》という名の教室

　ようやく謹慎処分が解けた皓月は、さっそく蒼龍の執務室へ押しかけ、迷人華館の『秘技』の謎は解けたのかと尋ねた。

「何か、足りないな……」

　蒼龍はそう呟くと、数日間籠《こも》りっきりだったおかげですっかり片付いた机の上に頬杖をつく。

「は？　足りない？」

　皓月の怪訝《けげん》な表情を見た蒼龍は、あからさまに機嫌を悪くした。

「お前……見てたのなら察しろ。あれは確かに気持ちいいんだが、どちらかといえば苦しさのほうが勝っていた」

　蒼龍の言葉に、皓月は目を丸くする。

「苦しい……？」

　すると蒼龍は顔をしかめて考え込んだ。

「苦しいのが好きなら別だが、あれが万人に受けるとは考えにくい」

「じゃあ、あれは黄一族の『秘技』ではないと……？」

皓月も眉間《みけん》にシワを寄せる。

蒼龍は頬杖をつくのをやめ、机の上をトントンと指で叩いた。

「途中までは確かに普通の按摩《あんま》とは違う特殊な技だという気がした。だが……おそらく『秘技』というからには何か決め手があるはずだ。相手を一気に落とすためのな」

「決め手……」

皓月は、あの晩の一連の流れを思い返し、少し躊躇《ためら》いながら口を開く。

「あの……最後のやつが、決め手なのでは？」

その言葉に、蒼龍は眉間のシワを深くした。

「最後のって……アレか」

「ええ。アレです」

処女であるはずの白蓮が、蒼龍のものを口に含んでみせた——それは当の蒼龍はもちろん、見ていた皓月にとってもかなりの衝撃だった。

皓月はため息まじりに言う。

「あれでは娼妓《しょうぎ》と変わりません。処女というのも大変疑わしいものです」

蒼龍は首を横に振り、椅子の背もたれにどさりと身体を預けた。

「……アレが『秘技』だとは考えにくい。ただの娼妓にも可能な技を『秘技』とは言わんだろう」

「では、なぜ黄白蓮はあんなことを？」

その質問を受け、蒼龍は皓月を軽く睨んだ。

「『秘技』を見せたくないからに決まっているだろう。俺が『秘技』を施《ほどこ》せと言ったから、白蓮はそれをごまかすために娼妓と同じ真似をせざるをえなくなったんだ」

皓月はそれを聞いて、まためため息を吐《つ》く。

「皇上《こうじょう》……黄白蓮は所詮、娼館の娘です。あの美しさがあれば、他の娼妓と同じことをしていても客は法外な金を払うのでしょう。あの娘に執着なさるのはおやめください」

すると蒼龍はふっと愉《たの》しげに笑い、からかうように言った。

「確かにあの娘には、妙な中毒性がある。俺もそろそろ禁断症状が出てきたようだ」

目を丸くした皓月を横目に、蒼龍は立ち上がり、さっさと出入り口の扉に向かう。

「瑠璃殿に行ってくる。お前はついてくるなよ？　今度は謹慎じゃ済まないぞ」

「皇上！」

皓月が呼ぶ声に振り向きもせず、蒼龍は執務室を出ると、足早に歩き出した。


白昼の瑠璃殿に現れた蒼龍に、女官は大いに焦りながら、白蓮は茉莉殿にいると説明した。

（茉莉殿？　何をしているんだ白蓮は……）

妃たちに対してあまり興味がない蒼龍は、即位してからというもの、茉莉殿に足を踏み入れたことがなかった。妃たちが暮らし始める前に、一度入ったきりである。

綺麗に整えられた庭園を抜けて、茉莉殿に入る。そして建物の造りを思い出しながら回廊を歩いていると、パタパタと足音を立ててこちらに向かってくる白蓮を見つけた。腕にはたくさんの反物やら絵巻物やらを抱えている。

陽の光の中で嬉しそうな笑みを浮かべる白蓮は、年相応の可憐で愛らしい娘にしか見えなかった。

(なんとも……色々な表情を見せてくれるものだ)

腕に抱えたもののせいで前がよく見えていないのか、白蓮は蒼龍にぶつかりそうになったところでようやく気付いた。

「あ！　皇上《こうじょう》!?」

「一体何を始めたんだ？　白蓮」

(まぁ大方、想像はつくが……)

白蓮は礼を取るのも忘れて、目を大きく見開いたまま蒼龍の顔を見つめている。

「なんだ？　俺の顔に何か付いているか？」

蒼龍がそう尋ねると、白蓮はハッとして、首を横にブンブンと振った。

蒼龍は黙って手を伸ばし、白蓮が腕に抱えていたものをサッと取り上げた。

「あ！　それは……」

か細い腕を伸ばしてくる白蓮に、蒼龍は思わずクッと笑みを漏らす。

「安心しろ。没収などしない。代わりに運んでやる」

「ええ!?　いえ、皇上にそんなっ……」

おろおろしている白蓮の様子が面白く、蒼龍は大きく口を開けて笑った。

「いいからほら、来い」

蒼龍は空いたほうの手で白蓮の手を握り、さっさと来た道を戻り始める。

「えっ、あの、ええっ!?」

皇帝に手を引かれて歩くという事態に目を白黒させながら、白蓮はヨタヨタとおぼつかない足取りで後をついてきた。

＊＊＊

瑠璃殿にやってくると、蒼龍は前回ここで対面したときと同じように、床に胡坐《あぐら》をかいた。

「さて、この反物やら宝玉やらは、一体なんなんだ？」

その視線の先には、先ほど蒼龍に運んでもらったものの他にも、高級品の数々が山と置いてある。

「……按摩《あんま》の報酬です」

白蓮が向かい側に座ってそう答えたら、蒼龍は軽くため息を吐《つ》いた。

「やはりそうか」

「やはりって……？」

首を傾げた白蓮を見て、蒼龍は口の端を吊り上げる。

「お前の父も根っからの商売人だからな。あの者の血を引くお前も、ただじっとしているのは性《しょう》に合わんだろうと思っていた」

(父さまを知ってるの——?)

白蓮が目を丸くすると、蒼龍は漆黒の瞳を光らせた。

「だがお前には、すでに高い報酬を支払っているんだ。俺以外の者に構っているヒマはないはずだぞ?」

その言葉に、白蓮は息を呑む。

「今度は何をしろと?」

すると蒼龍は、うっすらと笑みを浮かべた。

「初めに言ったはずだ。俺に『仕込み技』を教えろと。この間のは、中途半端なところで終わってしまったからな」

「それは、皇上《こうじょう》が達《い》かせろとかおっしゃるからで……!」

白蓮が不満を露《あら》わにして文句を言うと、蒼龍はおかしそうに笑った。

「すまん。元々黄家の『秘技』にも興味があったんでな」

(なんて無邪気に笑うの)

端整で男らしい顔が、笑うと子どものような表情に変わる。

この国で一番偉いはずの人なのに、たまにこんな風に気さくな雰囲気を醸し出す。

彼のこんな一面を、妃たちも知っているのだろうか——

なぜかそんなことが気になって、白蓮がぼんやりとしていたら、蒼龍は一転して真面目な顔になった。そしてとても低い声で言う。

「……いつもあのような施術を？」

白蓮はハッとして、蒼龍の顔を見つめた。

彼の眼差しは白蓮の瞳をまっすぐに射抜き、ごまかしや嘘などは、すべて見透かされてしまいそうな気がした。

「あのような……とは？」

白蓮が動揺を抑えながら聞くと、蒼龍は彼女から目を逸らさずに答える。

「薄絹を纏《まと》っただけの姿で俺の上に跨《また》ったこと……それと、最後のアレだ」

(アレって……口淫《こういん》のこと？)

途端に顔を赤くした白蓮は勢いよく首を横に振った。そしてうつむき、小さな声で言う。

「いつもはあんな格好しません。皇上の閨《ねや》に入るときには、あの格好じゃなきゃいけないって言われたから着ただけで……それに……」

「それに？」

白蓮はうつむいているにもかかわらず、まっすぐ自分を見つめる蒼龍の視線を肌で感じた。

「私は手で行う施術だけを担当しています」

「つまり、口ではしないと？」

あからさまな質問をされ、白蓮は顔を真っ赤にして飛び上がる。

「アレはいつも娼妓《しょうぎ》にやってもらうのです！　私は……やり方は習いましたが、自分でしたのは初めてですっ」

その言葉に、蒼龍は一瞬目を丸くし、すぐに眉根を寄せた。

「どうやってやり方を習うのだ……？」

「張り型を使ってです。私も黄家の人間なので、娼妓に仕込む性技はひと通り習いました。でも実践したことはありません……あの夜までは」

そこでようやく白蓮から視線を外した蒼龍は、ため息まじりに「そうか」と呟いた。

「では、お前が処女であるというのは本当なのだな？」

(なぜそこを気にするの……？)

質問の意図がわからず首を傾げつつも、白蓮はうなずく。

それを見た蒼龍はニヤリと笑い、意味ありげな視線を向けてきた。

「よし！　ではやはり処女を仕込む技は、処女である白蓮に実地で教わることにしよう」

勝手にそう決めた蒼龍に驚き、白蓮は叫んだ。

「は!?　えと……実地って!?」

蒼龍はゆっくり立ち上がると、そのまま近づいてきて、ぽかんと口を開けて座る白蓮を見下ろした。

「今夜から……閨《ねや》での指導を再開だ。頑張って俺をその気にさせてくれ、白蓮」

蒼龍が部屋を出て行った後も、白蓮は茫然とその場に座り込んでいた。

(実地って何?)

前回は『仕込み技』のさわりの部分だけを、蒼龍に教えて終わった。『秘技』を施《ほどこ》すように言われて中断したからだ。

蒼龍に『仕込み技』を教えることについては何も問題ない。彼は自分で仕込むのが好みと言ったので、一通り教えれば試したくなり、妃たちを閨に召す気になるかもしれない。

だが――

(実地でっていうのが、気になるのよね……)

なんとなく嫌な予感がするが、今さら逃げるわけにもいかない。

白蓮は仕方なく腹をくくった。

＊　＊　＊

その晩、蒼龍の閨《ねや》に現れた白蓮は、やはり前回と同じ薄物の夜着姿だった。

肌着だけの姿になったところも見ている。にもかかわらず、蒼龍はそのはかなげな風情《ふぜい》に目を見開いた。

（やはり、美しい……）

蒼龍は寝台に腰かけたまま、ゆっくりと近づいてくる白蓮を待った。その姿から片時も目を逸らせない。

目の前にやってきた白蓮はうつむいており、明らかに緊張している。蒼龍はその細腕を掴み、華《きゃ》奢《しゃ》な身体を強引に引き寄せた。

「えっ……!?」

前回、蒼龍が「自分からは触《さわ》らない」と約束したから、油断していたのだろう。白蓮は驚きに目を丸くして身体を強張らせた。

膝の上に横抱きにすると、白蓮はめいっぱい顔を逸らした。息を殺しながら、微かに震えてじっとしている。

しばらく抱きしめているうちに、白蓮の呼吸は浅くなり、頬が上気し始めた。

（本当に初心《うぶ》だな……）

触れられることに慣れていないのが、ありありと見て取れる。

そんな白蓮を腕の中に閉じ込めたまま、蒼龍はその細くて柔らかい腰や背中、腕などを優しく擦《さす》った。

折れそうなほど細くて白い首、綺麗に浮き上がった鎖骨、肌着の合わせ目からわずかにのぞく、なだらかな胸の膨らみ――

蒼龍はたまらず白蓮の耳元に唇を寄せ、熱っぽく囁《ささや》いた。

「白蓮……接吻《せっぷん》を」

びくっと身体を震わせた白蓮は、顔を上げて蒼龍を見る。そして眉根を寄せ、必死な顔で首を横に振った。

「だめ……」

「なぜだ？」

蒼龍は怪訝《けげん》に思って尋ねたが、すぐにハッと気付く。

「……接吻は習わなかったのか」

笑みを浮かべてそう問うと、白蓮は顔を真っ赤に染め、軽く唇を噛んだ。

(なんと初々《ういうい》しい反応だ)

蒼龍の胸は弾んだ。

「では、俺が教えてやろう」

蒼龍は白蓮の顎の下に手を添え、多少強引に上を向かせた。

そうして顔を近づけると、白蓮は目を見開き、それを手で押し止《とど》める。

「だめですっ」

唇が触れる直前で遮《さえぎ》られた蒼龍は、白蓮の手を片手で握り締め、顔をしかめた。

「なぜ拒む。俺にあんなことまでしておいて、今さら……」

「あっ、あんなことって！」

白蓮は真っ赤になりながらも、蒼龍をキッと睨み返す。

「接吻《せっぷん》は旦那さまとしかしません！　これだけは、特別なのです！」

(旦那……？)

蒼龍は眉間《みけん》のシワをますます深くすると、不機嫌を露《あら》わにして問い詰めた。

「旦那とは誰のことだ？　そいつを皇帝である俺よりも優先するのか！」

「誰かは私にもわかりません！　未来の旦那さまのことです！」

「……は？　未来？」

あっけに取られる蒼龍がおかしかったのか、白蓮は花が綻《ほころ》ぶような笑みを見せた。

(なんという表情だ――)

その笑顔があまりにも可憐で、蒼龍は思わず見惚《みと》れてしまう。

「うちの娼妓《しょうぎ》たちが、よく言うのです。お客とは接吻しないって。それだけは、好きな方にのみ許すのだと……」

「お前もそう思っているのか？」

そう聞くと、白蓮は力強くうなずいてみせた。

「この方にならーーという人が現れるまでは、大切にしたいのです」

「……そうか」

蒼龍は軽くため息を吐《つ》いてから、すぐに気を取り直して尋ねた。

「じゃあ、それ以外ならいいのだな？」

「は？」

今度は白蓮があっけに取られる。

蒼龍は膝の上に抱えていた彼女の身体を寝台に転がし、のしかかった。

「お前の同意なしに接吻をしないことと、処女を奪わないこと。これだけは約束してやる。安心しろ」

寝台の上に組み敷かれた白蓮は、微笑みを浮かべる蒼龍を見て、全身を硬直させる。

「安心しろだなんて……無理です……」

それを聞いて、蒼龍は笑った。

（当然だ。安心してもらっては困る）

そのまま上半身を屈《かが》め、白蓮の耳元で囁《ささや》く。

「さぁ講義の時間だ。処女を啼《な》かせるにはどうしたらいいか……一から教えてもらおうか」

＊＊＊

「ちょっ……と、皇上《こうじょう》……やっ……！」

組み敷かれた状態では教えられないと言ったら、白蓮はまたしても蒼龍の膝の上に横抱きにされた。

先ほどから頬や首すじはもちろん、額《ひたい》から指先に至るまで、この姿勢のままで可能なすべての場所に口づけをされている。

「お前が言ったんだろう？　女の官能を引き出すには、常に上半身のどこかに触れていろ、と」

「そ、そうなんですけど……んっ」

（そういう意味じゃないのに～～っ）

指先に熱い唇を押し当てられて、身体が否応《いやおう》なく反応する。蒼龍はわざと吐息が耳にかかる距離まで顔を近づけて囁《ささや》いた。

「お前は手が敏感なんだな……そういう仕事だからか？」

そう言って白蓮の手を口元に引き寄せ、指の股に舌を這《は》わせる。

「ひぃぁっ……やっ、それ……！」

白蓮はたまらず叫んだ。

「ん……もっと聞かせろ白蓮。お前の声は……甘くて耳触《みみざわ》りがいい」

蒼龍は白蓮の指を一本ずつ口に含んで舐《ねぶ》る。そうして手の平に口づけてから、ゆっくりと腕に唇を這わせていった。

（やだ……だめ……）

白蓮は空《あ》いているほうの手を軽く噛んで、声が漏れないよう必死に堪《こら》える。

広くて逞《たくま》しい胸に寄りかかり、蒼龍が自分の手を味わう様《さま》を目《ま》の当たりにするのは、羞恥《しゅうち》に堪《た》えない。

やがて蒼龍は白蓮の後頭部に手を回すと、耳朶《じだ》に唇を押し当て、そのまま舌を入れてきた。熱くぬめった舌先が、白蓮の耳の中を這い回る。

「やぁぁぁっ……やめっ、お願いですからっ……ひぃぁっ」

そんなところを舐められたことなどない白蓮は、我を忘れて叫んだ。

耳の中でくちゅくちゅという音が響き、濡れてざらついた舌の感触と熱が、強烈な刺激をもたらす。白蓮は背すじがずっとぞわぞわしていた。

「お願い……もう……」

半泣きになりながら、震える手でぎゅっと蒼龍の夜着を掴む。すると、彼はやっと唇を耳から離してくれた。

「教えろ、白蓮。次はどうしたらいい？　……お前は、どうされたいのだ？」

「私……？」

ぼんやりしたまま顔を上げる白蓮の背中を、蒼龍は大きな手で優しく撫でた。

「白蓮、お前が官能に溺れる姿が見たい。……俺の手で達する姿をな」

なぜ蒼龍がそんなことを言うのか、白蓮にはわからなかった。自分は妃に対する不能を解決するために召された、ただの按摩師《あんま》にすぎないというのに。

心臓が高鳴り、顔は上気して熱い。血がのぼっているせいか、頭が上手く回らない。とにかくこれ以上攻められてはどうにかなってしまいそうで、白蓮は必死に訴えた。

「待ってください、い、意味が違うんです！」

先ほどまで舐められていた耳を手でかばいながら、白蓮は涙目で蒼龍を見上げる。

「意味……？」

蒼龍の腕の力が緩《ゆる》んだ隙《すき》に、白蓮はなんとかそこから抜け出し、人一人分くらいの距離を置いて蒼龍に向き直った。

「ただ上半身のどこかに触《さわ》っていればいいというわけではなくて……安心感を与えることが必要なんです」

すると、蒼龍は不思議そうに首を傾げた。

「要は『お前が欲しい』という気持ちが、相手に伝わればいいのだろう？　何が間違っているのかわからん」

「いえ、だから……えっと……あれ……？」

（安心感って、そういうことなの？）

予想外のことを言われて、白蓮は混乱した。

自分は理屈としてそう習ってきたにすぎない。特別な才があるゆえ常に結果をきちんと出せていたので、その意味を深く考えたことはなかった。

その混乱ぶりを見て、蒼龍は笑う。

「確かに、お前には按摩の特別な才能があるのだろう。だが、経験が絶対的に不足しているな」

「経験？　でも、施術はこれまでたくさん……」

白蓮が怪訝《けげん》な表情を浮かべると、蒼龍は呆れたように小さくため息を吐《つ》いた。

「ただ性感を高めて達することができれば、それで終わりだと思っているのか？　男女の情交とはそんなものではない。互いに気持ちが通い合って初めて意味がある」

「気持ち……？」

「互いを欲する気持ちだ。俺はお前が欲しいぞ、白蓮……身体だけでなく、心もな」

その真剣な声音からは、蒼龍の本気が伝わってくる。

白蓮は息を呑んだ。

「……私は按摩師です。お妃さまではありません」

首を横に振りながら、白蓮は身体を後ろに引いた。すると蒼龍はすかさず距離を詰め、白蓮の腰に腕を回す。

「あっ！」

蒼龍の広くて逞《たくま》しい胸に再び抱き込まれて、白蓮は身震いするほどの心地好さを感じた。

（こんなの知らない……）

それは初めての感覚だった。

蒼龍の力強い腕と大きな手、頬に当たる胸板の硬さと熱、耳元で響く鼓動――

それらすべてが心地好いと思う一方で、胸が締めつけられるような気持ちにもなる。

男女がこうしているところはもちろん、情交そのものですら、幼い頃から目の当たりにしてきたはずなのに。

「経験して初めてわかることもある。お前は俺に『仕込み技』を教えろ。代わりに俺は、お前が今までしてこなかった経験を与えてやろう」

＊＊＊

蒼龍は白蓮の身体を寝台に横たえ、耳の裏から首すじにかけて舌で味わいながら、その全身に優しく触れていく。

薄絹のなめらかな肌着越しに、どこまでも柔らかく熱い肌を感じた。

今までこんなに気を遣いながら女の身体に触れたことなどないが、蒼龍はその感触と香りを存分に愉《たの》しんでいた。

白蓮は身を捩《よじ》りながら吐息を漏らし、唇を震わせている。

つい先日、白蓮から一方的に攻められていたときは、この身体に触れたくてどうしようもなかった。今も薄物と肌着を介して触れているので、ひどくもどかしい。

だが透けて見えるふっくらとした乳房や、布地に擦《こす》れて立ち上がったその頂《いただき》は、蒼龍の目を充分に愉しませてくれる。

「はっ……あ……」

上半身を繰り返し撫でているうちに、白蓮の口から甘い声が漏れ出した。特に弱いらしい耳の周辺に唇で触れると、全身がびくっと反応する。

唇を強く噛みしめ声を堪《こら》えているが、その姿すら、蒼龍の欲望をひどく煽《あお》った。

「白蓮……」

耳元でそう囁《ささや》くと、白蓮は目にうっすら涙を浮かべて蒼龍を見返した。頬は上気して赤く染まり、呼吸も乱れている。

「そろそろ脱がせてもいいのか？」

その蒼龍の問いに、白蓮は息を呑み、視線を彷徨《さまよ》わせた。

それを見た蒼龍はその手順で正しいのだと確信する。だが、白蓮は何やら口ごもっている。

教えないわけにはいかないものの、素直にうなずけば、このまま脱がされてしまう――

そんな迷いが見てとれた。

（確か、次は背中に触れるんだったな……）

蒼龍は、白蓮が斉宮嬪に『仕込み技』を施《ほどこ》したときのことを思い出しながら、腰紐に手をかける。

そして躊躇《ためら》うことなくその手を引いた。

「あ……！」

慌てる白蓮の薄物と肌着の前を開いた蒼龍は、思わず目を見張る。

白蓮の裸体は、想像していた以上に見事だった。

全身が雪のように白く、傷一つ見当たらない。

肌には艶《つや》があり、豊かな乳房の頂《いただき》は薄桃色で、ツンととがっている。

細い腰の下にある臀部《でんぶ》は丸くて張りがあり、細くしなやかな腿《もも》へと繋がっていた。

足の間の茂みは薄いが、その部分の膨らみは奥にある肉厚な花弁を想像させる。

蒼龍はごくりと息を呑んでから、キツく眉根を寄せて目をつむった。

（これは……）

前回より、よっぽど苦しむことになりそうだ――

処女は奪わないと約束してしまった自分自身を恨めしく思いながら、蒼龍は目を開けた。そして
顔を真っ赤にして震える白蓮の腹部にそっと手を伸ばす。

その部分の肌も、吸い付きそうなほどしっとりしていて柔らかい。手を腹部からそのまま上に移動し、乳房を下から持ち上げるようにして軽く揉むと、その柔らかさに感動を覚えた。

蒼龍はたまらず、その頂を口に含む。

「ひぃぁっ……！」

びくんっと全身を大きく震わせ、背中を弓なりに反らした白蓮は、胸に吸い付く蒼龍を驚愕の表情で見つめる。それに構わず、蒼龍は甘い実を貪《むさぼ》った。

「あっ……んっ、や……」

白蓮はその刺激から逃れようと身を捩《よじ》る。蒼龍は彼女の手首を押さえ、逃がすまいと下半身に体重をかけた。

（いくら貪っても、足りる気がしない……）

夢中になって味わっていたら、気付けば薄桃色だったその実は赤くなり、蒼龍の唾液に濡れてぬらぬらと光っていた。

その光景はあまりに淫靡《いんび》で、蒼龍は腰から背中にかけてぞくぞくとする感覚が湧き上がるのを感じる。

「お前の身体は、どこもかしこも甘くて……中毒になりそうだ」

耳元でそう囁《ささや》くと、白蓮はぎゅっとつむっていた目を薄く開き、弱々しく首を横に振った。

「これは……施術と違います……あぁっ！」

蒼龍が胸の頂《いただき》を指で摘まめば、白蓮は身を捩《よじ》って嬌声を上げる。

「官能を高めるという目的からは、外れていないように思うが？」

蒼龍は口元に笑みを浮かべて、白蓮の乳房を手の平で転がすように撫でた。その感触はどこまでも柔らかく、永遠にそうしていたいほど気持ちが良い。

すると白蓮は自分の乳房を弄《もてあそ》ぶ蒼龍の手を掴み、真っ赤な顔でキツく睨んだ。

「ちゃんと学んでいただけないなら、もうやめますっ」

蒼龍は一瞬目を丸くした後、ニヤッと笑う。

「悪かった、白蓮。あまりに美味《うま》そうだったから」

「な……っ！」

白蓮は蒼龍の手を素早く放すと、身体を起こして後ずさりした。

蒼龍はそれを追いかけ、全裸の白蓮を再び組み敷く。そして眉根を寄せて言った。

「処女を奪わないなどと……約束しなければ良かった」

その言葉に白蓮は息を呑んで、全身を強張らせた。

焦った様子でこんなことを口にする。

「つ、次は私の番ですっ！」

「あ？」

蒼龍は目を丸くした。

白蓮は必死の形相で、蒼龍の腕から逃れようともがいている。

押さえつけていた手を放してやると、白蓮は這《は》いずるように移動して距離を取り、必死に言い募《つの》った。

「修業中に色々な性技を習いましたが、父も兄もやり方を教えるだけで、実践はさせてくれませんでした。皇上《こうじょう》が私に経験を与えてくれると言うなら、それらを実践させてください！」

「は……？」

あまりに突拍子もない申し出に、さすがの蒼龍も驚いて固まった。白蓮は荒い息を吐きながら、真剣な表情でこちらを見返している。

「性技を実践……？」

その問いに、白蓮は真面目な顔でうなずいた。

白蓮の言う性技とは『仕込み技』や『秘技』ではなく、娼妓《しょうぎ》が客に対して行う技のことだろう。

蒼龍は眉間《みけん》に深いシワを寄せると、ゆっくり身体を起こしてその場に座り、考えた。

正直なところ、白蓮から色々されたら、例の約束を守れる自信がない。だが、同時にひどく甘美で強烈な誘惑でもある。

白蓮は寝台の隅《すみ》で小さく身体を縮こまらせ、こちらの反応をじっと窺《うかが》っていた。

すぐ目の前に最高に美味そうな料理があるにもかかわらず、自分から食べることはできない。それなのに、料理のほうからこちらに迫ってくるようなものだ。

(なんの試練だ、これは――)

蒼龍は大きくため息を吐《つ》くと、一応確認した。

「その性技の実践中は……俺から白蓮に触れても構わないんだな?」

白蓮は眉根を寄せたが、渋々といった様子でうなずく。

「でも、接吻《せっぷん》と処女を奪うのはだめです」

蒼龍は再び大きなため息を吐き、真剣な顔で言った。

「わかった。俺からはしない」

その言葉に、白蓮は怪訝《けげん》な表情をする。

「俺からはって?」

「お前のほうから望めば、いつでも奪ってやるという意味だ」

蒼龍が笑みを浮かべて言うと、白蓮は顔を赤くして叫んだ。

「そんなこと望みませんっ!」

(まぁいいか……)

白蓮が何を考えてこんなことを言い出したのかはわからないが、蒼龍は触れることを禁じられなかっただけまだマシだ、と思うことにした。

＊　＊　＊

白蓮は蒼龍に組み敷かれたとき、処女を奪わないという約束を反故《ほご》にされるのではと焦った。身を守るための技もいくつか身につけてはいるが、蒼龍には油断も隙《すき》もないので、本気で迫られたら防ぐのは難しいかもしれない。

何よりも蒼龍に触れられていると、自分が自分ではなくなってしまう。ろくに抵抗できなくなる上に、意思に反して身体が勝手に反応してしまうのだ。

白蓮は、それがとても恐ろしかった。

（とっさにあんなこと言っちゃったけど……どうしよう）

娼妓《しょうぎ》が習う性技のほとんどは、父母からやり方を習ったり、娼妓が実演しているところをこっそり見学したりして覚えた。

だが、いざ自分がやるとなると話は別である。

自分にもできそうな性技はあるだろうかと、めまぐるしく考えていたら、不意に腕をつかまれ後ろに引っ張られた。

「ひゃっ!?」

そのまま背後から抱きしめられ、背中に蒼龍の素肌が触れて驚く。

いつの間にか、蒼龍も夜着を脱いで裸になっている。ちょうど臀部《でんぶ》の辺りに彼の熱くて硬いものが当たっており、白蓮は硬直した。

「白蓮……お前は抱きしめているだけで心地好いな」

白蓮も背中に感じる蒼龍の熱くてすべらかな素肌は、とても心地好いと思えた。だが、今はそれどころではない。

(こ、皇上《こうじょう》のが、お尻に当たってる〜〜っ)

それを避けようと身じろぎする白蓮の耳に、蒼龍は甘く囁《ささや》いた。

「これが気になるか？　……先日、お前が口に含んだものだ。覚えているだろう？」

艶《つや》のある声でそんなことを囁かれ、白蓮は頭にかあっと血がのぼるのを感じた。だが自分が早くも蒼龍のペースに呑まれそうになっていることに気付いてハッとする。

(だめ、ここで負けるわけには――！)

相手はこちらの処女を奪う機会を虎視眈々《こしたんたん》と狙っているのだ。気を抜けば、すぐにでもペロッと食べられてしまう――

白蓮は深呼吸をし、頭を切り替えてから口を開いた。

「では皇上……もう一度、味わわせてくださいますか……？」

そう囁いて蒼龍の太腿《ふともも》に手を這《は》わせ、そっと後ろを振り返る。蒼龍と視線を交わし、その腿の付け根を指先でなぞった。

すると蒼龍は一瞬で全身を硬直させ、白蓮の動きをじっと見つめる。

その漆黒の瞳からは警戒心と好奇心、そして微かな期待が窺《うかが》えた。

今、蒼龍は敷布の上に腰を下ろし、後ろ手をついて足を投げ出した状態である。

白蓮はその足の間で膝立ちになり、蒼龍の耳元に顔を寄せて囁いた。

「少しだけ……性感を上げさせてください。この前のように、ギリギリまで高めたりはしませんから……」

蒼龍が軽くうなずくのを確認してから、白蓮は首すじに手を当てる。鎖骨から肩、そして二の腕に向かって滑《なめ》らかに撫でていった。そうやって、性感を高めるツボを順番に刺激する。

以前と違うのは、白蓮が何も身につけていないことと、蒼龍の身体に手だけでなく唇でも触れていることだ。

先ほど自分がされたのと同じように、耳朶《じだ》や首すじ、鎖骨や脇のあたりなど、手の動きに沿って唇も這わせていく。こうすると、より短時間で深い官能を引きずり出すことができるのだ。

(『仕込み技』を教えるだけのはずが、なんでこんなことに……)

自分に対してその気になられては困るのに、蒼龍をその気にさせるための技を実践している。言い出しっぺは自分であるにもかかわらず、白蓮はよくわからなくなってきた。

蒼龍の様子をそっと窺うと、キツく目をつむり、眉根を寄せて快感の波に耐えている。

白蓮はハッとして手を離した。

すると、蒼龍がゆっくりと目を開く。

「苦しいですか……？　手加減しているつもりだったんですけど……」

そう尋ねたら、蒼龍は驚いたように目を丸くしたあと、意味ありげな笑みを浮かべた。

「大丈夫だ。それより、お前が練習したい性技とはなんだ？　こちらも期待しているんだが……」

蒼龍に至近距離で微笑まれ、白蓮の心臓が大きく跳ねた。パッと目を逸らし、バクバクとうるさい自分の胸を押さえる。

(そうだった、皇上《こうじょう》に触《さわ》られておかしくなりそうだったから、とっさにあんなことを……)

蒼龍に触られるよりは、自分から触れるほうがまだマシだと思ったのだ。だが触れられていなくても、蒼龍の視線を感じるだけで、自分はおかしくなってしまう——

(これ以上何かされる前に、さっさと達《い》かせてしまおう)

顔が赤いのをごまかすために怒った表情を浮かべ、白蓮は蒼龍の胸を手でそっと押した。

「横になってください……私がこれから何をするのかは、すぐにわかりますから……」

それを聞いた蒼龍は、素直に仰向けになる。白蓮は硬く張りつめたままの肉棒から目を逸らし、左右の腿《もも》の付け根をぐるっと撫で上げた。

「くっ！」

それだけで蒼龍は目をつむり、歯を食いしばる。

次に、白蓮は指先だけで同じところをそっとなぞった。触れるか触れないかといった繊細な触り方に、蒼龍は腰を浮かせて声を漏らす。

「んぅっ……」

白蓮は自然に開いた彼の腿の間に屈《かが》み、膝の内側に唇を当てると、それを内腿から腿の付け根へと這《は》わせていった。そして目を閉じたままの蒼龍に呼びかける。

「皇上……こちらを」

うっすら目を開けた蒼龍は、その瞳に熱を浮かべて白蓮を見た。

「白蓮……」

白蓮が左の腿の付け根を舌で舐め上げれば、蒼龍は身体を大きく弓なりに反らした。

「あぁっ！」

右の付け根も同じように舐めてから、白蓮は顔を上げ、息を荒くしている蒼龍に声をかける。

「しっかりと目を開けて……こちらを見ていてくださいね」

蒼龍は言われるまま、こちらをじっと見つめる。その漆黒の瞳が情欲に燃えているのを見て、白蓮はまたぞくりとした。

微笑みを浮かべ、ゆっくりと口を開く。

そして赤黒く怒張している蒼龍の肉棒に手を添えると、舌を出してゆっくりと舐め上げてから、亀頭を口に含んだ。

「んっ……！」

蒼龍のものが、口の中でびくんっと跳ねる。すぐにでも精を放ってしまいそうになるのを、かろうじて堪《こら》えたように見えた。

白蓮は、肉棒の熱さと感触を真面目に味わった。一度目は口に含むのとほぼ同時に蒼龍が達してしまったため、出された濁液《だくえき》を飲み下すことに気を取られていたからだ。

（中はとても硬いのに、表面は柔らかい……それに、とっても熱い……）

根元から中ほどまでを手で軽く握りながら、先端から滲《にじ》み出る透明な液体を啜《すす》り、割れ目に舌先を入れて細かく震わせる。

蒼龍は顔を歪めながら、官能的な吐息を漏らした。それでも白蓮に言われた通り、なるべく視線を逸らさず懸命にこちらを見つめている。

強くて熱い蒼龍の眼差しを受け止める白蓮の背中を、またあのぞくぞくする快感が這《は》い上がった。

（この瞳……すごく好き……。この人が快楽に屈するところを、また見てみたい――）

白蓮は実家で習ったやり方を思い出しながら、裏筋を舌先でなぞりつつ唇を下へと這わせる。そして張りがあるのに柔らかい左右の嚢袋《のうたい》を、片方ずつ口に含んで優しく舌で転がした。

「はっ……あぁ……」

白蓮の舌の動きに合わせて、蒼龍の口から吐息まじりの声が漏れる。端整な顔が快楽に歪む様を見ているだけでも、白蓮は愉《たの》しかった。

袋の皮を指で軽くつまんで引っ張ると、蒼龍は眉間《みけん》にシワを寄せて「う……」と呻《うめ》き、首を横に振る。

（これはだめ？　じゃあ……）

白蓮は後孔のほうへと舌を這わせた。

「ちょっ……待て、白蓮……そっちは……」

蒼龍が少し焦ったように目を見開く。

そうしている間にも、白蓮の左手は肉棒を扱《しご》き、右手は嚢袋をやわやわと揉んでいた。

「あっ、あ、あ……だめ、だ……白蓮っ……！」

白蓮が嚢袋と後孔の間の部分を舌で強めに押すと、蒼龍は「うぁっ！」と叫び、腰を浮かせる。

（ここは『秘技』のときにも刺激するところ……）

そこに指先で軽く触れた瞬間、白蓮にはどうしたら蒼龍が一番気持ち良くなれるのかがわかった。

実はこれこそが白蓮の特技であり、父に「天賦《てんぷ》の才がある」と言わしめたものである。

黄家の『秘技』とは、男性の後孔から専用の張り型を入れ、白蓮が今指先で触れている部分を巧みに刺激してやることで男性を達《い》かせる技なのだ。

後孔への刺激は古くから広く伝わる性技の一つだが、黄家は代々この技を研究し、どんな男性にも通用する技へと昇華させていった。

『秘技』による快楽を一度でも味わった者は、それを生涯忘れることができなくなる。だが、いくつかあるやり方のうち、どれがその客に一番合うのかを見極めるのが、大変難しい。

にもかかわらず、白蓮はその部分に軽く指で触れるだけで、それを簡単に判別できてしまうのだった。

（張り型もないし準備もしてないから、『秘技』そのものを施《ほどこ》すのは無理だけど……）

白蓮は亀頭をゆっくりと口に頬ばり、『秘技』を施すときと同じく、例の部分を指で強めに刺激してみる。

すると――

「うぁっ、あぁぁぁっ！」

蒼龍は大きく叫び、全身をのけ反らせて、またもや白蓮の口内に白濁《はくだく》を放出した。

＊　＊　＊

（なんだったんだ、今のは……）

初めてとは思えないほど巧みな、唇や舌での愛撫。さらには白蓮の指が触れた部分から突如広がった激しい快感に、蒼龍はあえなく撃沈した。腰回りの筋肉がまだ震えている。

白蓮は蒼龍の白濁を躊躇《ためら》うことなく飲み下すと、丁寧に残滓《ざんし》を啜《すす》り、自分の唾液をも綺麗に舐め取ってから唇を離した。

さすがは龍華幻国一と言われる娼館の娘である。

（教育が行き届いている……）

蒼龍が変なところに感心していたら、白蓮が申し訳なさそうな表情を浮かべた。

「すみません……また、やり過ぎました」

蒼龍は苦笑いを浮かべて、ゆっくり身体を起こす。

「いや、いい。しかしすごかったな……あれは一体何をしたんだ？」

その問いに、白蓮は息を呑み、視線を泳がせた。

「あれは……えと、あの……ええっと……」

どうやら嘘がつけない性格らしい。

蒼龍は苦笑し、焦る白蓮の様子をしばらく観察した。

攻めに回ったときの、あの妖艶《ようえん》な雰囲気と負けん気の強そうな態度。一方、逃げに回ったときは弱く、初心《うぶ》である。さらに男の欲望を煽《あお》ってやまない魅力的な肉体に、数々の性技まで併せ持つとは――

（とんでもない娘を育てたものだ、あの父親は……）

蒼龍は以前、白蓮の父親に一度だけ対面したことがある。娘を後宮へ召し上げると言うなら、その前に蒼龍と直接会って話がしたいと、向こうから申し出があったのだ。

とはいえ、彼と交わした会話は他愛ないものでしかなく、蒼龍はその真意を測りかねていた。だが……

（白蓮に会えば俺がどう動くのかが、やつには初めからわかっていたのだな）

すでに蒼龍には、白蓮を手放す気などこれっぽっちもない。

だが白蓮をずっと自分の手元に置いておくには、解決しておかなければならない問題がいくつもあった。

（一番の問題は、本人の気持ちだ――）

『仕込み技』を教えてもらうというのを口実に、身体から籠絡《ろうらく》できないものかと考えていたが、白蓮はなかなか手強い。籠絡する前に、こちらが逹《い》かされてしまっている状態だ。

（さて、どうやってその気にさせるか……）

蒼龍はまだ目の前で焦っている白蓮を見つめながら、軽くため息を吐《つ》いた。

＊＊＊

白蓮は必死に言い訳を考えていた。

まさか「あれは『秘技』の一環です」とは言えず、かといって普通の娼妓《しょうぎ》がやる技ではないので、説明に困る。

するとそのうち、蒼龍がふあっと欠伸《あくび》をした。

「白蓮……」

「は、はい？」

慌てる白蓮の前で、蒼龍は「うーん」と大きく伸びをした。

「不本意だが、実はさっきのでかなり満足してしまった……。もう眠ってもいいか？」

「は、はいっ！　もちろんいいです。どうぞ！」

（やった！　今日はもうこれで終わり？）

白蓮はほっと胸を撫で下ろした。自分が施《ほどこ》したにもかかわらず、あの技のもたらす大きな効果に感心する。

黄家の『秘技』は肉体はもちろんのこと、精神をも満足させる技だと言われている。だが、こればかりは自分で体感することができないので、どこまで本当なのだろうかと内心疑問に思っていたのだ。

（完全に施したわけじゃないのに、すごい効き目……）

すでに眠そうな表情を浮かべている蒼龍を見て、白蓮は思わず笑みを零《こぼ》した。

いつもはあんなに怖い蒼龍を、ちょっとだけ可愛いと思ってしまう。

今のうちにさっさと帰ろうと思い、白蓮は自分の肌着と薄物を探すために後ろを向いた。すると、またしても背後から両腕を掴まれ、力強く引っ張られる。

「ひぃゃっ⁉」

蒼龍は白蓮を後ろから抱きしめ、そのまま枕のあるほうへと倒れ込んだ。

「朝までここにいろ」

「はい？」

驚いて目を白黒させている白蓮を、蒼龍はさっさと掛布の中に引き入れ、腕の中に抱き込んだ。

「おやすみ、白蓮」

「え……？　いえ、あの……このまま眠るとか無理……」

（というか、なぜ？　もう講義は終わりのはず――）

蒼龍は満足そうに微笑んで、白蓮の額《ひたい》に口づけを一つ落とすと、すうっと寝入ってしまった。なのに白蓮を抱きしめている腕の力は強く、いくらもがいても抜け出すことができない。

（ちょっと！　寝てるはずなのに、なんで解《ほど》けないの⁉）

しばらく頑張ってみたものの、どうにもならなかった。白蓮は小さくため息を吐《つ》き、諦めて力を抜く。

蒼龍の肌はすべらかで熱く、筋肉のついた身体は弾力があって、とても心地好い。

だが、胸のあたりが詰まったように感じて苦しかった。

（なんで胸が苦しくなるの……？　私はお妃さまじゃないのに……）

そして蒼龍が何を考えているのか、自分をどうするつもりなのかもわからない。

この胸の痛みが何なのか……白蓮はその答えに気付かないふりをしてぎゅっと目をつむり、彼の腕の中でなかなか寝付けぬ夜を過ごした。

暁《あかつき》の空が徐々に白《しら》み始める頃、白蓮は何かが自分の肌の上を這《は》い回るのを感じて目を覚ました。

重い瞼《まぶた》をなんとか持ち上げると、視界に入ったのは、昨夜見た光景と全く同じ――自分の胸に吸い付き、舌でその先端を転がしている蒼龍の姿だった。

「やっ……！」

(なっ、ななな、何をーーーっ!?)

白蓮の声を聞き、視線だけをこちらに向けた蒼龍は、胸の頂《いただき》を口に含んだまま微笑んでみせた。

当然、今もお互いに全裸である。

寝起きの白蓮の頭に一気に血がのぼり、沸騰しそうになったところで、蒼龍が頂の実を甘噛みする。

「あぁっ！」

軽い痛みと同時に甘い疼《うず》きが起こって、白蓮はますます混乱した。

乳房を手の平でやんわりと揉まれ、何度も吸われる。先端を舌で舐《ねぶ》られているうちに、下腹部から腰、そして足の間にも甘い疼きを感じ始めた。

「んっ……あ、やっ……ああ……」

白蓮の口から、無意識に喘《あえ》ぎ声が漏れる。

「白蓮、お前のそんな声は……たまらない」

「いや、皇上《こうじょう》っ……なんでこんな……？」

白蓮が弱々しく首を振りつつ責めるような視線を向けると、蒼龍は赤くなった頂《いただき》の実を指で軽く弾きながら、愉《たの》しそうに微笑んだ。

「次は俺の番だ」

(そんな……！)

目を見開いた白蓮を無視して、蒼龍はその脇腹から臀部《でんぶ》までを繰り返し撫でていく。強い刺激を与えられるよりも、そうした優しい感触のほうが、じわじわと身体の深いところを侵食していくように白蓮には思えた。

蒼龍の手が肌をなぞるたび、白蓮の口から甘い吐息が漏れる。

「ふぁっ……あぁ……」

蒼龍は胸の頂の実を散々舐《ねぶ》ってから唇を離すと、今度はゆっくりと白蓮の肌をたどり、唇を下へと下ろしていった。

熱い唇が乳房の膨らみから脇腹、そして腿《もも》の付け根へと順に押しつけられていく。それと同時に、蒼龍は白蓮の背中を手の平で優しく撫でた。

その唇がどこを目指して進んでいるのかを、白蓮が上手く回らない頭で認識するのとほぼ同時に、蒼龍は白蓮の膝を掴んだ。そして左右に大きく開く。

「いやっ……！」

陽の光が微かに入り始めた閨《ねや》の中で、蒼龍の目の前に晒されたのは——白蓮の薄い茂みと、肉厚な花弁だった。そこはほんのりと赤く色付き濡れている。

「美しい……白蓮、こんなところまで」

「だめっ、いや……見ないでっ……！」

あまりの羞恥《しゅうち》に、白蓮は目に涙を浮かべて叫んだ。

蒼龍はその漆黒の瞳にうっすらと熱を浮かべて囁《ささや》く。

「そんな顔をするな、白蓮……ますますやめられなくなるぞ？」

白蓮は首を横に振ってぎゅっと目をつむり、両腕で自分の顔を隠した。

すると蒼龍がその腕を掴んで頭上に持ち上げ、手首を交差させる。そして片手で敷布の上に押さえ込んだ。

「や……いや、離してっ……」

「暴れるな。ほんの少し触れるだけだ」

(触れるって、どこに——？)

蒼龍は白蓮の腕を押さえつけているのとは反対の手で、首すじから胸の膨らみまでを撫でる。そのまま下腹部へと手を這《は》わせ、薄い茂みの中に指を滑らせた。

「やぁぁっん、んぅっ……！」

肉厚な花弁を左右に広げ、そこをじっと覗き込む蒼龍を見て、白蓮はたまらず足を閉じる。

蒼龍は白蓮の内腿に手を入れて再び足を開かせると、その間に自らの身体を入れて、閉じられないようにした。

「やっ……お願いですから、もうこれ以上は……」

「処女を奪われたくなければ、おとなしくしろ。白蓮」

その言葉に、白蓮はびくんっと身体を震わせ、蒼龍を睨みつけた。

蒼龍はとても愉《たの》しそうに微笑みながら、白蓮の瞳を見つめて囁《ささや》く。

「抵抗すれば力ずくで組み伏せる……前にそう言っただろう？」

白蓮は息を呑み、顔を背《そむ》けて唇を噛みしめた。

すると蒼龍は再び花弁を開き、その内側を指先でゆっくりと探るように撫でていく。くちゅっと水音が立つのを聞き、蒼龍はふっと笑い声を漏らした。

「もう濡れている……俺に触れられて感じたのか？　白蓮」

白蓮は思い切り首を横に振る。

「違いますっ……！」

「違わない。さっきまで、お前はとても甘くいい声で啼《な》いていた。ほら……」

そう言いながら、蒼龍は指の腹で、花芽を包皮の上から優しく擦《こす》り上げた。

「ひぃあっ……！」

白蓮の全身に、痺《しび》れにも似た強い快感が走った。蒼龍の指先は花芽の上を何度も往復する。

「いやっ、あっ、あ、あ、ああ……っん」

どんどん押し寄せる快感の波に、白蓮は否応《いやおう》なしに巻き込まれる。

「お前の声は、俺の欲望を煽《あお》る……そら、ここも溢れてきたぞ」

蒼龍は蜜口から溢れる蜜を指で掬《すく》い、白蓮の目の前に差し出した。

「見てみろ、白蓮……お前が感じている証《あかし》だ。俺に触れられて、こんなにも濡らしている」

蒼龍が指先を開くと、そこに絡みついた蜜はいやらしく糸を引いた。

「やっ……も、やめて……」

とても直視できず、白蓮は目をぎゅっとつむる。

すると蒼龍は白蓮の腕を放して今度は膝を掴み、再び足を左右に大きく開かせた。そして腰を前に進め、すでに精が迸《ほとばし》りそうなほどそそり立っている肉棒を白蓮の花弁に擦りつける。

白蓮は目を見開き、蒼龍の瞳に浮かぶ強い光に息を呑んだ。

(処女を、奪われる——!?)

「いやっ……やめて、それだけはっ……！」

「白蓮」

蒼龍の低く落ち着いた声が響き、白蓮はハッとする。そして先ほどの言葉を思い出して青ざめた。

——抵抗すれば力ずくで……

だが蒼龍は、ふっとおかしそうに笑う。

「次はお前の番だ。俺のこれを内腿《うちもも》で挟め。娼妓《しょうぎ》がよくやるだろう？　まあ、その場合は女が上になることが多いがな……」

蒼龍は白蓮の足首を掴んで持ち上げると、その両腿《りょうもも》の間に猛《たけ》った肉棒を挟み込んだ。そしてゆっくりと抜き差ししながら腰を打ちつけ始める。

熱くて硬い塊《かたまり》が白蓮の内腿の皮膚を擦《こす》り、それと同時に花弁をめくり上げて、中に隠れている花芽を刺激した。

（私の番って……でも、これは……）

白蓮の頭が混乱する。だが花芽を擦られるたびに腰はぴくぴくと跳ね、意に反して快感が膨らんでいく。どんどん溢れてくる蜜を潤滑油《じゅんかつゆ》にして動きがスムーズになると、快感はより一層強くなった。

蒼龍は苦しげに顔をしかめながら、腰を振り続ける。やがて二人の肌がぶつかり合う音にいやらしい水音が交じり始め、白蓮は羞恥《しゅうち》と快感から逃れられずに敷布を強く握った。

「やぁあっ……あっ……んんぅっ……」

傍目《はため》には身体を繋げているようにしか見えない状態で、白蓮は快感に喘《あえ》いだ。溢れる蜜が滴《したた》り落ち、敷布に染みを作る。

「お前のそんな声は……たまらない」

甘い声音でそう囁《ささや》かれ、白蓮は薄く目を開いて蒼龍を見上げた。ピタリと閉じた腿の間を、蒼龍の欲望の塊が何度も行き来する。そのぬるついた感触も熱さも、白蓮の心を犯していった。

自分にのしかかる蒼龍の逞《たくま》しい身体、すべらかな肌に浮かぶ汗、そして情欲の熱に浮かされた漆黒の瞳も——

(だめ……感じてしまう……)

どこまでも膨らみ続ける快感が、高みへと向かっていく。白蓮は無意識に首を横に振り、それに抗《あらが》おうともがいた。

「このままお前に口づけて……抱いてしまいたい、白蓮……！」

蒼龍が苦しげにそう呟くのを、白蓮は泣きたい気持ちで拒む。

「だめ……だめです、皇上《こうじょう》っ」

(それだけは——)

白蓮の膝裏を押さえている蒼龍の手に力が入った。蒼龍は、より一層力強く腰を打ちつけてくる。

「白蓮……っ！」

「あっ、あぁぁあっ、やぁぁぁぁっ……！」

高く甘い声が閨《ねや》に響き渡るのと同時に、蒼龍は白蓮の下腹部に熱い白濁《はくだく》を放出した。

すべてを出し切ると、蒼龍は白蓮の身体からようやく手を離す。

「皇上……なぜ……？」

乱れた呼吸を整えながら、白蓮は問いかけた。

蒼龍は片眉を上げて白蓮を見つめ返す。

「何がだ？」

「なぜ処女を……奪われなかったのですか……？」

蒼龍はふっと自嘲的な笑みを浮かべると、力尽きて寝台に横たわったままでいる白蓮の頬に手で触れた。

「お前が許すまで、待つと決めたのだ」

（なぜ……？）

白蓮は重ねて尋ねたかったが、蒼龍は夜着を羽織《はお》り、さっさと寝台から下りてしまった。

そしてこちらを振り返り、わずかに微笑む。

「侍女を呼ぶから、そのままそこで待ってろ。俺はこれから朝儀に行ってくる」

「ちょうぎ……？」

どうにか上半身だけ起こした白蓮が首を傾げると、蒼龍は憂鬱《ゆううつ》そうな表情でため息を吐《つ》いた。

「仕事だ。……皓月に、うるさく言われそうだな」

蒼龍はそう言ったきり、振り返ることなく閨を出て行った。


しばらくすると侍女が来て、白蓮の風呂と着替えの支度を手伝ってくれた。

そうして瑠璃殿に戻った後も、白蓮は何もする気が起きなかった。寝不足なのもあり、茉莉殿に出張するのはやめて寝所に籠《こも》ることにする。

色々と考えなくてはならないのに、今は頭が働かない。寝台に入ると、すぐに深い眠りの中へと引き込まれていった。

第三章　煮込み

「一体何をしてるんですか、皇上《こうじょう》！」

朝儀を終え、春興殿にある執務室に引き揚げた蒼龍の後を、晧月は追いかけた。

「やかましいぞ、晧月」

そう叱られても全く気にすることなく、晧月は入り口の扉を閉めて一直線に蒼龍のところへ向かう。そして執務机に両手をつき、身を乗り出して言った。

「侍女に聞きましたよ。黄白蓮と朝まで閨《ねや》に籠《こも》っていたと！」

蒼龍は顔をしかめ、軽くため息を吐《つ》く。

「それがどうした。朝儀には遅れなかったし、何も問題ないだろう」

「大問題です！」

「なぜだ？」

「妃たちを差し置いて、黄白蓮に手を付けてしまわれるとは！」

晧月は「あああ……」と頭を抱えて大げさに嘆いてみせた。

「娘を後宮に上げた有力貴族たちに、なんと説明するのですか！」

妙に芝居がかった皓月の態度を見て、蒼龍は不機嫌さを露《あら》わにする。

「白蓮には、まだ手を付けていない」

「は!?」

「だから……まだ手を付けていないと言っている」

皓月は一瞬固まり、少し考えてから、「いやいやいや」と首を横に振った。

「侍女からちゃんと聞いていますよ。黄白蓮のあられもない声が閨《ねや》から聞こえてきたと……」

「……おい」

蒼龍は眉間《みけん》のシワを深くし、鋭い目で皓月を睨みつける。

「お前、俺付きの侍女を買収したのか？」

「え!? いや……そんなことはしていません。あくまで世間話として……」

皓月が慌てて目を逸らすと、蒼龍は今度は大きなため息を吐《つ》いた。

「あの侍女はクビだ。お前からそう伝えておけ、皓月」

「ええっ!? いや、お待ちください皇上《こうじょう》！ あの者は私の紹介でこちらに入った者で……」

「そうか。だったらなおさらだ。理由を聞かれたら、お前の失態のせいだと言っておけ！」

「皇上っ！」

そのまま黙って手元の書簡をめくり始めた蒼龍を見て、皓月は力なく肩を落とした。だがすぐに気を取り直し、顔を上げてコホンと咳払いをする。

「仮にお手を付けていないというのが本当であれば、それは好都合というものです」

蒼龍は目を鋭く光らせ、晧月を睨みつけた。

「どういう意味だ？」

「手を付けてしまった後ではもう無理ですが、まだだということであれば、黄白蓮を実家に下がらせることも可能ですから」

「……晧月」

蒼龍の怒りに満ちた声音が、これ以上ないほど低く響いた。普段の威圧的な態度に慣れている晧月でも、背中に冷や汗が流れるのを感じる。

だが皇帝の側近であり右腕と称される立場にある以上、ここで引くわけにはいかない。

「皇上。このまま黄白蓮をお傍《そば》に置かれるつもりでしたら、妃たちも同じように閨へお召しください。でなければ、しかるべき対処をさせていただきます」

その言葉を聞いて、蒼龍は殺気を消した。そして書簡に目を戻して軽く手を振り、晧月に部屋から下がるよう示す。

(何も言わないのは、気に食わないが了承したということ……)

蒼龍のことをよく知る晧月は頭を下げ、そのままおとなしく執務室を出た。

＊＊＊

丸一日寝所に籠《こも》ってしっかり睡眠を取った白蓮は、翌日から出張按摩《あんま》を再開した。

だが、それぞれの房を回るのは効率が悪いことがわかったので、数日前からは茉莉殿の中の一部屋を借りて、妃たちのほうからそこに訪れてもらうことにしている。

今日も白蓮が茉莉殿を訪れると、その知らせを聞いた妃付きの女官たちが、あっという間に列を成した。

さすがに一日では対応し切れない人数なので、事前に用意した整理札を配る。希望者が多いのをいいことに、かなり施術料を吊り上げているのだが、一向に数が減る気配はない。

札を配り終えた白蓮が部屋に戻ると、一人目のお客はすでに中で待機していた。すっかり常連になった劉貴妃《りゅうきひ》である。

龍華幻国でも一、二を争う大貴族の娘で、皇后の筆頭候補だと聞いた。家柄と貴妃の位にふさわしく、大変美しくて品のある姫である。

「白蓮さん、疲れて休んでいたと聞いたけど、お加減はもうよろしいの？」

部屋に入ってきた白蓮を見て、劉貴妃はなんとも優美な声音で話しかけてきた。

「はい。すみませんでした、一日お待たせして」

「ふふ。いいのよ。白蓮さんは人気があるから……毎日では大変ですものね」

劉貴妃はそう言うと、慣れた様子で肌着姿になり、白蓮が施術用に作った簡易な寝台に寝そべった。

他の妃たちが待っているので、白蓮はすぐに施術を始める。

「ねぇ白蓮さん。あなたは、あとどのくらい後宮にいられるの？」

劉貴妃の問いかけに、白蓮は「ん～……どうでしょう」と言葉を濁《にご》した。それは正直、白蓮にもわからない。

すると劉貴妃が、突然こんなことを言い出した。

「わたくしは一度だけ閨《ねや》に呼ばれたのだけれど、皇上《こうじょう》のお手は付いていないの」

「え？」

（なんで急にそんな話を……？）

あらかじめ皓月からその話は聞いていたものの、劉貴妃の意図がわからず、白蓮は首を傾げた。

「でもね。表向きにはお手が付いたということになっているから……いくら望んでも、後宮からは出られないのよ」

「そうなんですか？　でも、確か一年以上閨に呼ばれなかったら、下がれると聞きましたが……」

出張按摩を始めてから、白蓮は後宮の裏事情にだいぶ詳しくなった。

「それは一度もお召しがなかった人と、皇上からそう指示された人だけなの」

「へぇ……」

白蓮はまた一つ、後宮の事情について学んだ。

「だからね……あ、そこ気持ちいい……」

白蓮の指が肩甲骨《けんこうこつ》の下をなぞったとき、劉貴妃はそう言って、ふうっと感嘆の吐息を漏らした。

「本当に、白蓮さんの按摩《あんま》って好き……。わたくし、白蓮さんが後宮からいなくなったら、欲求不満で死んでしまうんじゃないかしら」

「よ……」

(欲求不満って……)

後宮一のお妃さまが口にするにはふさわしくない言葉である。

「白蓮さんは、皇上《こうじょう》にはお会いになった？」

「え？　あ、ええ……まぁ……」

(なんか、下手なことを言ったらまずいことになりそう……)

白蓮は緊張して、ぴんと背すじを伸ばした。

「そう……とっても素敵な方だったでしょう？　後宮にいても皇上のお姿を見たことがない妃はたくさんいるのよ。でも、みんな憧れているの」

白蓮はまた胸が苦しくなるのを感じた。

(そうだ。この人たちは皇上の妃……特に劉貴妃は、将来皇后になるかもしれない人――)

「皇上が即位して三年経つけれど、閨《ねや》にお召しになったのは六人だけ。しかも全員が一度きりなのよ。おそらくだけど、わたくし以外の貴妃たちにもお手は付いていないんじゃないかしら」

なぜ劉貴妃は、こんな話をするのだろう——？

白蓮は劉貴妃から何かを探られているのではないかと考え、警戒した。

「だからね、白蓮さん！」

按摩中であるにもかかわらず、劉貴妃はいきなりガバッと身体を起こし、白蓮の手を取って、ぎゅっと握り締めた。

「あなたがいなくなったら困るのよ！　ここで生きていく楽しみが、なんにもなくなっちゃう！」

(え!?　言いたいことってそれ——？)

白蓮があっけに取られていると、劉貴妃はまた寝台にうつ伏せになってため息を吐《つ》いた。白蓮も黙って按摩を再開する。

「ずっと鬱々《うつうつ》としていたところに白蓮さんがいらして……わたくし、生き返った心地がしましたの」

「はぁ……それは良かったです」

白蓮はほっとして、こっそり息を吐く。

「だから、できるだけ長く後宮にいてね。そのためならわたくし、いかようにも手を回しますわ」

少しだけ人の悪そうな笑みを浮かべた劉貴妃は、施術が終わると元の優美な笑顔に戻って「ああスッキリした」と言った。

機嫌良く自分の房へと帰っていく彼女の後ろ姿を見送りながら、白蓮は複雑な気持ちになる。

だがその日も妃たちがひっきりなしに訪れては御礼の金品をたっぷり置いていったので、夕方には白蓮もすっかり機嫌を良くしていたのだった。


仕事を終えた白蓮が瑠璃殿に戻ると、またしても晧月がしかめっ面《つら》で座り込んでいた。

「晧月さま？　何かご用でしょうか？」

「なんですか、その手に抱えている物は」

白蓮の腕には、反物や装飾品などの品々が溢れんばかりに抱えられている。

「何って……按摩《あんま》の報酬ですけど？」

「まさか、ここにある物全部がそうなのですか？」

そう言って晧月が視線を向けた先には、高級品の数々が山と積まれていた。

「なんと……」

晧月は目を丸くする。白蓮は軽くため息を吐《つ》くと、面倒くさそうに再び尋ねた。

「だから何しに来たんです？　今日もたくさん働いたから、疲れてるんですけど……」

すると晧月も不機嫌そうに眉根を寄せ、白蓮を睨んできた。だが白蓮は後宮へ来てからというもの、蒼龍の強い視線に散々晒されてきたので、晧月に睨まれたところで全く怖くない。

「本来の役割も全《まっと》うせず……あなたは一体なんのために後宮へ来たのですか？」

「なんのためにって……皇上《こうじょう》にお世継《よつ》ぎを作ってもらうためですけど？」

「そうです！　それがわかっていながら、あなたはなぜ真逆の方向に向かっているのですか！」

皓月の言葉に納得がいかず、白蓮はムッとした。

「真逆って何？　だいたい皇上が私の前で不能だったことなんて一度もないわ。その上、女は自分で仕込みたいとか言うし。だから仕方なく、『仕込み技』の練習をしてただけよ！」

皓月は一瞬目を丸くした後、すぐに怪訝《けげん》な表情を浮かべた。

「『仕込み技』の練習……？　それは皇上が、あなたに対して何かをするという意味ですか？」

白蓮は途端にばつが悪くなってうつむき、小さな声で答える。

「そう、です……実地で教えろって言われて……」

「はぁ～、それでですか……」

どこで何を聞いたのかは知らないが、皓月は納得したようにうなずいた。

「あなたは皇上に、いいように丸め込まれたんですよ、黄白蓮」

意味がわからず、白蓮は首を傾げた。

「どういうこと？」

「皇上の目的は完全にあなたです。……困りましたね、すでにだいぶ執着なさっているようですし」

白蓮は驚いて目を丸くする。

「わたしが……目的？」

「失礼ですが、まだあなたに皇上《こうじょう》のお手が付いていないというのは、本当ですか？」

晧月の問いに、白蓮は混乱しつつもうなずいてみせた。

「よろしい。ではそのまま一線を守り抜いてください。一度でもお手が付けば、あなたは生涯後宮から出ることができなくなります」

「ええっ!?　なんで？」

白蓮がまた驚いて大声を上げると、晧月は呆れたようにため息を吐《つ》いた。

「当たり前です。皇上のお手が付けば、皇子が生まれる可能性がありますからね。そんな身で後宮の外に出たら、下手をすれば国に対する反逆罪になりますよ」

（反逆罪――）

茫然とする白蓮の顔を見て、晧月は満足そうにうなずいてから、ぼそっと漏らした。

「まぁ、あなただけでなく妃も閨《ねや》に呼ぶことを了承してもらえましたし……これでなんとか上手くいってくれるといいのですが」

「え……？」

（妃を閨に呼ぶ――？）

白蓮は、後宮を出られなくなるかもしれないということよりも、その言葉のほうに大きな衝撃を受けた。

「今後は皇上があなたを閨にお召しになれば、それと同じ分だけ妃も呼ばれることになります。ですから、当分は今まで通りにしていただいて結構ですよ。ただしくれぐれも、最後の一線は越えないでくださいね」

言うだけ言って満足したのか、晧月は立ち上がった。そして部屋の一角に積まれた高級品の山を再び見やり、白蓮に追い打ちをかける。

「事前にお支払いしてある報酬に見合う成果が上がらなければ、あの品々はこちらで引き取らせていただきます。元々後宮にある品のほとんどは、国のお金で買われたものですしね」


晧月が帰った後、いつも白蓮の世話をしてくれる侍女がやってきて、「本日のお召しはありません」と言った。侍女は普通の夜着の支度をして、そのまま下がっていく。

蒼龍の閨に侍《はべ》るときは風呂で念入りに磨かれた上、とても綺麗な薄絹の夜着が用意される。それについて、白蓮は「私は按摩師《あんま》なのに」と納得がいかなかった。

だが今日はそうされなかったことで、もしかすると妃の誰かを閨に召したのではないかと考え、複雑な気持ちになる。

(なんで私がこんな風にモヤモヤしなきゃいけないの?)

寝台に上がった白蓮は無性に腹が立って、手近にあった枕を放り投げた。

何よりも、晧月のあの最後の捨て台詞《ぜりふ》――

「あれは按摩の正当な報酬なのに！　没収とかありえない！　信じられない！」

思わず声に出して怒ると、入り口のほうからガタッという物音がし、白蓮は飛び上がった。

「ひゃあっ！　だ、誰――!?」

すると一拍置いて、黒い人影がゆらっと姿を現す。

「俺だ、白蓮」

「皇上《こうじょう》!?　なんでここに？」

蒼龍はそのままよっすぐ近づいてくると、自身のものとは比べ物にならないほど狭い寝台に上がり、茫然としている白蓮の頬に手を伸ばした。

「お前がいきなり叫ぶから、驚いてつまずいた。驚かせてすまん……」

状況がまだ呑み込めない白蓮は、ぽかんと口を開けて蒼龍を見つめる。

蒼龍は夜着に袍《ほう》を羽織《はお》っただけの格好で、寝所をこっそり抜け出してきたのではないかと白蓮は思った。すると、やはり蒼龍は「気付かれないように出てきた」と言って、いつもの不敵な笑みを浮かべた。

「なぜ？」

白蓮が問うと、蒼龍は憂鬱《ゆううつ》な表情でため息を吐《つ》いた。

「お前を閨《ねや》に呼べば、今度は妃も呼ばねばならんからな。それは避けたい」

その言葉に、白蓮は眉根を寄せる。

「なぜですか……？」

蒼龍は苦笑し、頬に触れていた手で、白蓮の首すじを軽く撫でた。

「俺が欲しいのは……お前だけだ、白蓮」

白蓮は目を見開いた。

（胸が……痛い……）

蒼龍の手を避けて膝を抱えると、自分の身体を抱きしめながら、その場で小さく縮こまる。「お前だけだ」などという言葉を鵜呑《うの》みにしてはいけない――

「白蓮……？」

心配そうな蒼龍の声が耳に届く。

その声を聞くと胸の痛みがさらに増し、白蓮は泣きたい気持ちになる。

（だめ……もう考えたくない！）

白蓮はパッと顔を上げ、すべてを振り払うように首を横に振った。

そして蒼龍のほうに向き直り、訴えかけた。

「ひどいんです、皓月さまったら！」

急な叫びにあっけに取られ、蒼龍は目を見開く。

「なんだ、いきなり」

白蓮は皓月の台詞《せりふ》を思い出しながら、怒りのままに言い募《つの》った。

「私が働いて稼いだ按摩《あんま》の報酬を、没収すると言うんです！　あれは元々国のお金で買ったものだから、とか言って！」

自分に都合の悪い説明は省いたが、これくらいは許されるだろう。

「それはひどいな」

蒼龍も納得がいかないという表情をしたものの、白蓮の顔を見てすぐに苦笑を浮かべる。

「なんだ。さっきはそれで叫んでたのか」

白蓮の頭に手をのせて、わしゃわしゃと力強く撫でる。

「じゃあ、俺が換金してやろう。金ならば、目につかないところに隠せるだろう？」

蒼龍からの願ってもない提案に、白蓮は目を丸くした。

「いいんですか？」

「ああ。それくらいなんでもない」

白蓮は嬉しくなって、満面の笑みを浮かべる。

「ありがとうございます！」

蒼龍も一瞬目を細めてから、嬉しそうに笑った。

「お前が俺の前でそんな顔をするのは、初めてだな」

（私も、皇上《こうじょう》のこんなに優しい笑顔を見るのは初めて……）

しばし互いに見つめ合った後、蒼龍は真顔に戻り、白蓮の瞳をじっと覗き込んだ。

「白蓮」

男らしく端整な顔が、ゆっくりと近づいてくる。その距離が近くなるにつれ、白蓮の胸は早鐘《はやがね》を打ち始めた。

すぐ目の前まで迫ったところで、蒼龍の動きが止まる。

白蓮は漆黒の瞳から視線を逸らすことができず、そこに映る自分の姿を見つめた。

(今この人は、私だけを見てる……)

微かな迷いに揺らぐ蒼龍の瞳。それを見つめている白蓮の心も同時に揺らぐ。

今自分が目を閉じたら、蒼龍は接吻《せっぷん》をするのだろうか?

いずれにせよここで目を閉じるのは、それを許すのと同じこと——

そう考え、躊躇《ちゅうちょ》したのは一瞬だった。白蓮は漆黒の瞳に吸い込まれるように、そっと瞼《まぶた》を閉じた。

だが蒼龍の唇が落ちてきたのは、その瞼の上だった。熱いそれをゆっくりと押し付けた後、蒼龍は白蓮の頬をそっと撫でてから離れる。

「皇上……?」

白蓮は目を開けて、蒼龍の顔をじっと見つめる。蒼龍はしばらくその視線を受け止めていたが、やがてスッと目を逸らした。

「今……」

「え？」

「今、お前に接吻《せっぷん》したら、俺は間違いなくお前の処女を奪ってしまうだろう。そうしたら、お前はもう後宮から出られなくなる」

白蓮は目を丸くし、すぐに怪訝《けげん》な表情を浮かべる。

「今さらですか？　これまでも散々、私の処女は危機に晒されてきたような気がするのですけど……」

その言葉に、蒼龍は顔をしかめて不機嫌そうに言い返した。

「それはお前が俺を誘惑するから悪い」

「散々誘惑してきたのは、皇上《こうじょう》のほうじゃないですか！」

白蓮が膨れると、それを見た蒼龍は、またいつもの不敵な笑みを浮かべた。

「さっきまでのお前の態度を見るに……奪われても構わないと思っているようだが？」

白蓮はぐっと息を呑み、思わず目を逸らす。

「俺のものになる覚悟ができたのか？」

「そんなわけ……」

白蓮は困って眉根を寄せ、下を向いた。

(私は……五百人の中の一人には、なれない)

なれないし、なりたくもないのだ――

白蓮の表情をどう受け取ったのか、蒼龍は柔らかい笑みを見せた。

「それでいい。お前の意思を無視して処女を奪ったりはしない。……だから、また触れてもいいか？」

いつもの尊大な言い方ではなく、こちらを気遣うような優しい問いかけに、白蓮は戸惑う。

(触れてもいいか、なんて……初めて聞かれた……)

だがその質問は答えにくく、白蓮はしばし迷った。

やがてゆっくり顔を上げると、蒼龍の目を見て小さくうなずく。

蒼龍は嬉しそうに笑って、そっと白蓮の腰に腕を回した。そのまま抱き寄せられ、首すじに口づけされながら、白蓮は自分に言い聞かせる。

(これは、ただの練習……)

蒼龍の手でするりと腰紐が解かれると、白蓮の夜着の合わせ目が自然に開いた。

首から鎖骨にかけて蒼龍の熱い唇が触れるたび、その感触に肌がざわめく。白蓮は思わず敷布をギュッと握りしめた。

要は、最後の一線を越えなければいいのだ――

「白蓮……お前は本当に美しい……」

蒼龍の低くて艶《つや》のある声が耳元で響いた。熱い吐息がかかり、白蓮はぶるっと身体を震わせる。

大きくて力強い手が白蓮の夜着を剥《は》ぎ、露《あら》わになった肌を唇と舌で味わわれた。

「お前が近くにいないときも、この肌に触れて抱きしめたくなる……困ったものだ」

その甘い囁《ささや》きに、身体だけでなく心も震えて、白蓮はキツく唇を噛みしめる。

(だめよ。この人は、私のものにはならない——)

引きずられそうになる心を繋ぎ止めようと、必死で自分に言い聞かせた。

蒼龍は白蓮の腕を取って自分の首に回させ、その身体を強く抱きしめながら寝台に倒れ込んだ。

漆黒の瞳が白蓮をまっすぐに貫《つらぬ》く。

「お前が欲しいのだ、白蓮。だが無理に奪いたくはない。俺は身体だけでなく、お前の心も欲しいのだ……」

以前と同じ台詞《せりふ》を、蒼龍は再び口にした。

白蓮、と自分を呼ぶ蒼龍の声に、白蓮の胸は締めつけられる。

(もし好きになってしまったら、きっと苦しいだけ)

この胸はもうとっくに、ひどく苦しいのに——

何度自分に言い聞かせても、蒼龍の眼差しや声、そして身体に触れる優しくて熱い手が、白蓮の心を溶かしていく。乳房を優しく掬《すく》われ、胸の頂《いただき》を指で軽く摘まれた。

「んんっ……あ……」

それを今度は口に含み、歯で軽く扱《しご》きながら甘噛みされる。

疼《うず》くような甘い痛みが全身を貫き、白蓮の身体が跳ね上がった。同時に足の間から、蜜がトロリと溢れ出す。

これは『仕込み技』の練習であるはずなのに、蒼龍はもう何をどうすればいいかを白蓮に聞かなかった。白蓮もまた、そんなことなど気にしていない。

蒼龍が触れるところすべてが熱く火照《ほて》り、白蓮の肌はますます敏感になっていく。

白蓮が無意識に擦《こす》り合わせた足の間に、蒼龍が手を滑り込ませる。その指先が花芽を掠《かす》ると強い快感が走り、白蓮は身悶《みもだ》えた。

「だめっ……そこは……いやぁぁぁっ」

敷布を握って首を横に振り、必死にその悦楽から逃れようとした。だが蒼龍は決して逃がさない。

横たわる白蓮の身体を抱きしめながら、指先一つで翻弄《ほんろう》する。

「嫌ではないだろう……？　ほら、どんどん溢れてくるぞ？」

耳元で囁く蒼龍の声には、愉《たの》しげな響きが含まれていた。

その強い眼差しだけでなく、肌の熱も香りも、そして声までもが、白蓮の官能を煽《あお》り立てる。

広い胸と逞《たくま》しい腕に捕らわれたまま、白蓮は喘《あえ》ぎ続けた。

「俺が欲しいと言え、白蓮……」

流されてしまいそうな気持ちを振り払うように、白蓮は首を横に振る。

（欲しくない……）

頬や耳朶《じだ》、首すじを這《は》っていく蒼龍の唇が、吐息まじりの言葉を紡《つむ》ぐ。

「お前が欲しいと言うなら、いつでも……いくらでも与えてやる」

白蓮は強くきゅっと唇を噛んだ。

(私だけのものにならないなら、欲しくないの――！)


――その晩も約束通り、蒼龍は処女を奪わなかった。

だが白蓮には、自分の心の大部分が蒼龍に奪われてしまったように思える。

「また明日も、ここへ来る」

そう言い置いて蒼龍が寝所を去ったときには、白蓮は甘い毒のような快楽に踊らされ、声を嗄《か》らして力尽きていた。


気が付くと、蒼龍のことを考えている。

あれからずっと白蓮は熱に浮かされたようにぼんやりしていた。

部屋に籠《こも》っていたら余計に悪化しそうな気がしたので、いつも通り茉莉殿へと出掛ける。

按摩《あんま》に集中していれば、蒼龍のことを考えずに済む――そう考えて訪れる妃たちを相手に、ただひたすら按摩を施《ほどこ》していた。

だがふと手が止まると、途端に蒼龍との睦《むつ》み事の記憶が甦《よみがえ》ってくる。そうすると白蓮は呼吸も忘れるほど圧倒されて苦しくなるのだ。

（今夜もまた……あんなことを……？）

記憶の中にある蒼龍の指先や舌の感触、そして熱が、白蓮の心を侵食していった。


白蓮が瑠璃殿に戻り、日が沈んでまた夜が来た。

いつもの侍女が昨夜と同じく「本日のお召しはありません」と告げる。それを白蓮は、昨夜と全く違う気持ちで聞いた。

夜着に着替えて寝所に入り、白蓮は願う。

（来て欲しくない、会いたくない、これ以上……）

だが、不意に風が頬の横を通り抜け、暗闇の中をこちらに忍び寄る人の気配が感じられた。

とっさに振り返った白蓮を、蒼龍は強引に腕の中に囲って強く抱きしめる。

「……っ！」

その腕の逞《たくま》しさを感じて、すでに高鳴っていた白蓮の鼓動は一際《ひときわ》大きく跳ね上がった。

「なんて顔をしている……今夜も来ると言っただろう？」

蒼龍はほんの少しだけ腕の力を緩《ゆる》めて、苦笑いする。

「私……どんな顔をしていますか……？」

白蓮がそう問いかけると、蒼龍は真剣な表情で彼女の目を覗き込んだ。蒼龍の瞳は強い光を湛《たた》え、何もかもを見通してしまいそうだった。

「俺に惚れたか？　白蓮？」

ニヤッと不敵に笑う蒼龍に、白蓮は驚愕の眼差しを向ける。

「なっ……ほ、惚れてなんかいませんっ！」

だが蒼龍は笑みを浮かべたまま、静かにこう言った。

「もし、お前が俺のものになってもいいと言うのなら……お前だけを愛すると誓ってやろう」

「え……？」

白蓮は思わず呆けた顔になった。

(今、なんて——？)

蒼龍は軽く息を吐《つ》くと、白蓮の肩を抱いて、共に寝台へ腰かける。

「後宮という場所は政治に大きな影響を与える。宮中における貴族たちの力関係を左右するんだ。俺の言っていることの意味がわかるか？」

よくわからず、白蓮は怪訝《けげん》な表情で首を傾げた。

「どの妃がどのくらい閨《ねや》に召されたか、皇帝の寵愛《ちょうあい》を最も受けている妃は誰なのか……後宮での妃たちの序列が、その妃を擁する一族の権力を大きく左右する」

白蓮は知恵を振り絞って、蒼龍の言葉の意味を考える。

「つまり、お妃さまたちを無視することはできないという意味ですか？」

「そうだ。この三年間は、即位したばかりで忙しいことを理由に、なんとかごまかしてきたが……

そろそろ妃たちを閨に呼ばないわけにはいかなくなるだろう」

「私だけを愛してくださると誓っても、他のお妃さまたちとも閨を共にすると……？」

「表向きは、な」

白蓮は眉間《みけん》のシワを深めた。

「手は出さないから、信用しろということですか？」

その言葉に蒼龍は目を丸くした後、ふっとおかしそうに笑う。

「信用しろと言われて、できるのか？」

（え？　そういう意味じゃないの……？）

白蓮には蒼龍の言いたいことが、ますますわからなくなった。

「じゃあ、私だけを愛するっていうのは……どういう意味ですか？」

困惑する白蓮を見て、蒼龍は愉《たの》しげな笑みを浮かべる。そして急に腰を上げると、寝台の上を這《は》って移動し、白蓮の身体を背後からそっと抱きしめた。

「それはそのままの意味だ。心はもちろん身体も、お前だけに与えると約束する」

白蓮は息を呑む。

「本当に？　でも、どうやって？」

閨には召されてもお手が付かないということが続けば、当然妃たちは訝《いぶか》しがるだろう。そんなことを長く続けられるとは、白蓮には思えなかった。

蒼龍は白蓮の耳元に顔を寄せ、耳朶《じだ》に熱い吐息をかけながら囁《ささや》く。

「それは、お前が俺のものになると決心したら教えてやろう」

「なんか、ごまかされてるみたい……」

白蓮が不満げに呟くと、蒼龍は声を上げて笑った。

「ごまかしてなどいない。俺が欲しいのはお前だけだ」

これまで何度か言われたその言葉に、白蓮の鼓動がまた高鳴った。かあっと熱くなった顔を見られないように背《そむ》ける。

背後から白蓮の身体を抱きしめていた蒼龍は、そのうなじに口づけをいくつも落とした。

「ん……」

熱い唇を押しつけられるたび、寒気にも似た快感が背中を駆け上がる。蒼龍は耳元で、昨夜何度も繰り返した言葉を吐息まじりに囁《ささや》く。

「俺のものになれ、白蓮……」

そのとき――白蓮は急にひらめいた。

「あ……れ？」

まさに今、腰紐を引こうとしていた手を止めて、蒼龍は白蓮を見つめる。

「なんだ？」

「皇上《こうじょう》……もしかして……」

確信に近い考えを、白蓮は口にした。

「お妃さま相手に勃《た》たないって……嘘ですか？」

「あ～……」

蒼龍は顔を横に逸らしながら、頬をわずかに引きつらせる。

「やる気が起きなかったというのは本当だ。まぁでも……やってやれないことはなかった、かな」

「信じられない……」

白蓮は強い抗議の視線をまっすぐ蒼龍に向けた。

「道理で！　いつもこんなに元気な人がお妃さま相手にできないなんて、おかしいと思ってました！」

「元気って……」

「じゃあ最初から騙《だま》してたんですか？　皓月さまとグルになって？　なんのために!?」

蒼龍は握っていた腰紐からそっと手を離し、ふうっと小さくため息を吐《つ》いた。

「いや……皓月も俺に騙されている」

「へ？　皓月さまも……？」

白蓮は一瞬怒りを忘れて、目を丸くする。

「お前を後宮に召し上げる理由を、他に思いつかなかったからだ。それに黄一族にとっても何の利点もなかったからな」

「え？　あの、どういうこと……？」

全く頭が追いつかない白蓮を前に、蒼龍は口元に手を当て、少し言いにくそうに答えた。

「黄家の『秘技』について調べるため、身分を隠して迷人華館に行ったとき……そこでお前を見かけた」

白蓮は目を大きく見開いた。

（私を……？）

「初めは娼妓《しょうぎ》の一人かと思ったんだ。それで指名しようとしたら、『あの子は違う』と言われた」

白蓮は茫然としたまま、蒼龍の言葉に聞き入る。

「じゃあ何なのかと聞いたが、誰も答えてはくれない。だから自分で調べて、黄一族の末娘だということがわかった。しかも『秘技』の使い手だと。それなら『秘技』を口実にして後宮に上げることができれば、いつでも好きなだけ会えると思った」

（え……？）

白蓮は目をさらに大きくし、蒼龍の瞳を見つめながら問いかけた。

「私に……会うため？」

すると蒼龍は、うっすらと頬を染めて眉間《みけん》にシワを寄せた。目元を隠すように片手で顔を覆《おお》う。

「そうだ。ただお前を後宮に……俺の手元に置くことができれば、それで良かったんだ」

それきり互いに言葉もなく、しばし沈黙が流れた。

先にその沈黙に耐え切れなくなったのは、蒼龍だった。顔を覆っていた手を下ろして、白蓮のほうをそっと窺《うかが》う。

「白蓮……？」

白蓮は蒼龍が呼ぶ声に反応し、ぴくっと身体を震わせた。

（この人は私に会いたくて、不能だなんて嘘をでっち上げたと言うの？　そんな噂が広まったら、大変なことになるのに――）

なんと言ったらいいのか困って、白蓮はゆっくりと蒼龍を見上げる。

「怒っているのか……？」

心配そうな蒼龍の声音に、白蓮は口を開けて何かを言いかけ、唇を噛みしめた。

（怒ってない……むしろ、この気持ちは……）

小さく首を横に振ってみせると、白蓮は腰を浮かせて膝立ちになり、蒼龍と向かい合わせになった。そして手を伸ばし、蒼龍の唇に触れる。

「白蓮？　何……」

その言葉を遮《さえぎ》り、白蓮は衝動のままに口づけた。

蒼龍が驚いて目を見開くのを見届けてから、静かに瞼《まぶた》を閉じる。

（熱い……）

初めて自分から触れた蒼龍の唇は、その肌と同じように熱くて滑《なめ》らかだった。

白蓮は蒼龍の首に腕を回して身体を預ける。蒼龍はそれを受け止めて強く抱きしめると、そのまなだれ込むようにして、白蓮の身体を寝台の上に組み敷いた。

もう一度蒼龍の顔が近づいてきたので、白蓮は再び目を閉じた。すると、今度は瞼《まぶた》でなく唇に熱い感触が落ちてくる。

唇を何度も強く押しつけてくる性急な接吻《せっぷん》に身体が震えた。白蓮が思わず身を捩《よじ》ると、逃がさないと言わんばかりに強く抱き込まれる。

腰に回された蒼龍の腕は白蓮の身体を縛《いまし》め、押しつけられる唇はしっとりとしていて熱い。苦しくて息が上がってしまっている白蓮はもちろん、蒼龍の吐息も乱れていた。

「はっ……」

白蓮が息苦しさに耐え切れず唇を開くと、それを待ち侘《わ》びていたかのように蒼龍の舌が入ってくる。そのぬめった感触と熱さに白蓮は驚き、全身をびくっと震わせた。

「んぅっ……！」

蒼龍が長い舌で白蓮の舌先を捕らえ、強く吸いつく。ざらつく舌が白蓮のそれを絡め取り、丹念に味わうように擦《こす》り合わされた。

白蓮は、接吻のやり方を習ったことはない。だからどうしていいものかわからず、蒼龍にされるがままになっていた。

舌の根をなぞられると、背すじがぞくぞくと震える。混じり合った唾液を啜《すす》られると、そのまますべてを呑み込まれてしまいそうに思えた。

唇を何度も甘噛みされて、赤く腫れ上がってしまうのではないかと心配になった。

「白蓮……」

その呼びかけと同時に、やっと唇が離れる。白蓮が目を開けると、蒼龍の漆黒の瞳は熱を孕《はら》み、眉根を寄せたその表情は苦しげに見えた。

「お前を抱くぞ、白蓮……もう我慢はしない」


今までできなかった分を取り戻すかのごとく、蒼龍は何度も白蓮の唇を貪《むさぼ》った。そうしながら腰紐を解《ほど》き、夜着の前を開いて、肌の感触を確かめるように撫でる。

それだけで白蓮の身体は反応し、腰が自然と浮き上がった。

口からは、甘く湿った吐息が漏れる。

「お前はどこに触れても柔らかいな……そして、とても甘い」

そう囁《ささや》きながら、蒼龍は白蓮の首すじを舌先で舐め上げる。そのまま熱い唇で耳朶《じだ》を喰《は》まれて、白蓮は「ふぁっ」と声を上げた。

「本当に耳が弱いな、お前は……」

蒼龍はふっと笑みを零《こぼ》すと、舌を白蓮の耳に潜り込ませてきた。

「ひぃゃあっ……やっ、いやぁぁ……」

くちゅくちゅと音を立てて、ぬめった舌が耳の中を這《は》い回る。ぞわぞわと寒気に似た感覚が全身を駆け巡り、白蓮は蒼龍の腕にすがりついて叫んだ。

「お願いっ、もうやめっ……んんっ！」

「やめろという願いは聞けないな……だが、耳だけは赦《ゆる》してやろう」

そんなことを愉《たの》しげに囁《ささや》き、再び白蓮の唇を啄《ついば》むと、蒼龍は頬から耳朶《じだ》の裏、そして首すじを順に伝いながら唇を下ろしていった。

その合間にも大きな手で、胸の膨らみを下から包み込み、優しく揉む。下りていった唇がその膨らみにたどりつくと、蒼龍は頂《いただき》の実を避けて周りだけを舌先で舐《ねぶ》った。

「あ……っん……」

直《じか》に触れられる前から硬く立ち上がっている白蓮の胸の頂を見て、蒼龍は笑みを浮かべた。その瞳には明らかな欲望が滲《にじ》んでいる。

ぬめった舌先で頂の実をつうっとなぞられ、白蓮は全身をびくんっと大きく震わせた。熱くざらついた舌が、硬くしこった実を何度も掻き撫でる。

「ひうっ……やぁっ、あっ、あ、やぁぁ……っん」

そのたびに白蓮の腰はビクビクと跳ねて、あの甘い疼《うず》きがひっきりなしに湧き起こった。

肌にかかる蒼龍の熱い吐息に呼応するように、白蓮の息も乱れていく。

自分の蜜が溢れて零《こぼ》れ落ちそうになっていることに気付いた白蓮は、腿《もも》をきゅっと閉じて擦《こす》り合わせた。

目ざとい蒼龍は、意味ありげに笑って白蓮の耳に囁く。

「そう急《せ》かすな……そっちも、あとでじっくりと可愛がってやる」

（違う……！）

隠そうとしたのにまるで誘ったかのように言われ、白蓮は首を横に振る。だが、蒼龍は愉悦《ゆえつ》を含んだ笑みを深くしただけだった。

胸だけでなく、全身を隈《くま》なく舌で舐られる。大きな熱い手は白蓮を逃がすまいと腕や腰を捕まえながらも、肌を優しく撫でさすっていた。

蒼龍が白蓮の身体を開いていくやり方は、白蓮が教えた手順とは全く違っている。にもかかわらず、白蓮の官能はどんどん高まり、あっという間に蕩《とろ》かされていった。

寝所は月明かりに淡く照らされている。白蓮は自分の身体を隅々《すみずみ》まで丹念に味わっていく蒼龍の姿を、熱に浮かされながらじっと見つめていた。

時々、漆黒の瞳がこちらに向けられ、視線が絡み合う。そのたびに、白蓮の身体はぞくりとした。

片方の足首を掴まれ、持ち上げられる。そしてふくらはぎから内腿に向かって口づけをされた。

白蓮の足の間に、蒼龍が手を滑り込ませる。

すでに濡れそぼっていた花弁をその指先が開くと、二人の乱れた息遣いだけが聞こえていた寝所に、くちゅりと水音が響いた。

「ふぅっ、んっ……」

「待ち侘《わ》びていたのか、白蓮……こんなに溢れさせて」

満足げな笑みを浮かべて、蒼龍は白蓮を見つめる。だが、白蓮は恥ずかしさのあまり、すぐに顔を背《そむ》けてしまった。

「まだ指の一本すら、お前の中に入れたことはなかったな……」

蒼龍はそう呟きながら、花弁と蜜口を指先でくすぐるようになぞる。溢れていた蜜のおかげで、その動きはとてもなめらかだ。

「ずっと想像していた。身体を繋げたら、お前はどんな風に俺のものを締めつけるのか……その感触は、どんなものだろうかと――」

小さな円を描くように蜜口に触れていた指先が、ちゅぷっと音を立てて、ゆっくりと挿《さ》し入れられた。

「はぁっ……ん」

膣内《ちつない》に何かが入り込む違和感を初めて覚え、白蓮の身体は羞恥《しゅうち》に震えた。そして無意識に蒼龍の指を強く締めつけてしまう。

「濡れてはいるが、狭いな……痛い思いをさせるかもしれん」

挿入《そうにゅう》した指はそのままに、蒼龍は他の指で薄皮に包まれた花芽を擦《こす》った。

その動きに合わせて、白蓮の腰が揺れる。

「んっ、や……あっ、あ、だめ……」

蒼龍の指は敏感な花芽を巧みに弄《もてあそ》びながら、白蓮の膣内へと滑り込み、中を探るように動き回った。

蜜壺の浅いところを指の腹で擦られたとき、疼《うず》きに似た切ない快感が湧き起こって、白蓮の腰が浮いた。蒼龍はそれを見逃さず、同じところを何度も擦り上げる。

「ああっ、やっ、んんぅっ、やぁぁ……」

「いい声で啼《な》く……それにお前の中は、指ですらこんなに強く締めつける」

蒼龍は上半身を屈《かが》めて白蓮に覆《おお》いかぶさると、耳元で囁《ささや》いた。

「すぐにでもお前を貫《つらぬ》いて、一晩中繋がっていたいくらいだ」

その言葉に反応して、白蓮が指をさらに締めつけたので、蒼龍はくすっと笑った。

白蓮は熱に浮かされたまま蒼龍を見つめる。すると、蒼龍は再び唇に吸いついてきた。白蓮の唇を強引に割って、舌が入り込んでくる。

「こう……じょ……」

その呼びかけに、蒼龍は顔をしかめた。

「蒼龍だ、白蓮。これから二人でいるときには……名を呼べ」

白蓮は蒼龍の目をじっと見つめ返して再び口を開いた。

「そうりゅ……うさま……」

「そうだ、白蓮。それでいい」

蒼龍の指はじっくりと慣らすために抜き差しを繰り返しながら、快感が途切れないように花芽をくすぐっている。白蓮は絶え間ない快感に喘《あえ》ぎ、蒼龍の腕に掴まって身を捩《よじ》った。

そのうち蒼龍の舌と唇が、白蓮の首すじから鎖骨を伝って下りていき、また胸の頂《いただき》を弄《もてあそ》び始める。

「あぅっ……あっ、やっ……」

そこを舐《ねぶ》られると身体が敏感に反応し、腰が浮いてしまうのを抑えることができない。

「蒼龍さまっ……や、そこはっ……」

蒼龍は吐息まじりに笑みを漏らすと、唇をさらに下へと這《は》わせていった。

「えっ……や、あっ……いやっ、蒼龍さまっ」

(だめ、そっちは……！)

蒼龍は空いたほうの手で、白蓮の足を大きく開かせる。そして間を置かずにそこへ頭を入れると、指で散々弄《いじ》られぷっくりと膨らんだ花芽を、舌先で転がした。

「やぁぁぁあっ！　あっ……ああ……」

敏感な花芽への刺激はもちろんのこと、内腿《うちもも》に触れる蒼龍の肌や髪の感触、そして肌にかかる吐息に、白蓮は羞恥《しゅうち》と快感のあまり叫び声を上げる。

花芽を吸われ、舌で弄られた。そのたびに腰がビクビクと跳ね、快感はさらに大きくなる。

初めは鋭すぎた花芽への刺激にも、舌で舐られているうちに慣れ、気持ち良さだけが膨らんでいった。やがて下腹部全体がじわじわと快感で痺《しび》れてくる。

蒼龍は白蓮の膣内《ちつない》を探って反応の良いところを繰り返し攻めながら、徐々に指の本数を増やした。

溢れかえった蜜は指を抜き差しされるたびに、くぷっ、くちゅっと淫猥《いんわい》な水音を立てる。

白蓮は腰を高く浮かせて背中を反らし、啼《な》き叫んだ。

「やぁっ、蒼龍さ……まっ、んんっ、あ、んやぁぁぁぁっ」

「白蓮……いつ達してもいいぞ」

これまで何度か蒼龍によって快感を高められてきたが、白蓮はまだ一度も達したことはない。

そのため今感じている強い快感を上手く逃がすことも、逆に素直に身を委《ゆだ》ねて没頭することもできずにじわじわと追い詰められ、蒼龍に助けを求めた。

白蓮が伸ばした手を、蒼龍は空いたほうの手で握る。白蓮がそれを強く握り返すのと同時に、蒼龍は花芽を甘噛みし、強く吸い付いた。

「やあぁぁぁぁっ！」

突然の強い刺激に、白蓮は叫びながら身を反らした。全身を痙攣《けいれん》させ、快楽の高みへと一気にのぼりつめる。

何度か大きく身体を弾ませた後、白蓮は脱力して敷布に沈んだ。蒼龍の手を握ったまま、荒い呼吸を繰り返す。

身体を震わせている白蓮を見下ろしながら、蒼龍は満足げに笑みを浮かべた。

「お前が達する姿を……ようやく見られた」

握った手を放すことなく、蒼龍は白蓮の顔の横にもう一方の手をついた。

未だ動けずにいる白蓮を再び組み敷いて、腿《もも》の間に自身の身体を割り込ませる。白蓮は驚き、目を見開いた。

蒼龍は硬くそそり立つ肉棒を蜜口にあてがうと、その先端にたっぷりと蜜を絡めた。

「白蓮、しばらく堪《こら》えろ」

「そっ……」

蒼龍さま——と白蓮が口にする前に、蒼龍はぐっと体重をかけて、先端をずぶりと埋めた。白蓮の下腹部全体に、経験したことのないほど強い痛みが走る。

白蓮は声にならない叫びを上げてぎゅっと目をつむり、歯を食いしばった。

蒼龍は白蓮の蜜を己のものに絡ませながら、硬い媚肉を押し開いて深くまで腰を進める。

白蓮は痛みに耐えることに必死で、それ以外は何も考えられなかった。だが手加減なしに身体を押し開いていく蒼龍から、意外なほど優しい声をかけられる。

「白蓮……目を開けろ。あと、唇をそんなに噛んではだめだ……ほら」

蒼龍は白蓮の顔に手を触れ、親指で唇をそっとなぞった。白蓮がうっすらと血の味を感じた直後、そこに蒼龍の唇が落ちてきて、同時に強く抱きしめられる。

白蓮がこわごわと瞼《まぶた》を開くと目が合って、蒼龍は嬉しそうに笑った。

「ようやくお前が手に入ったな。欲しいものを手に入れるのに、こんなに苦労したのは初めてだ」

白蓮は下腹部にかかる圧迫感と重み、そして少しでも身動きすればビリビリと響く痛みに、顔をしかめた。目にじんわりと涙が浮かんでくる。

「蒼龍さま……んっ、うぅ……痛い……」

その涙を唇で優しく吸い、蒼龍はゆっくりと身体を揺らし始めた。

「やっ……動かないでぇっ……！」

白蓮が泣きながら訴えても、蒼龍は動きを止めない。

「激しくはしない……なるべく力を抜け」

その言葉どおり、衝動を堪えるように眉間《みけん》にシワを寄せ、蒼龍はゆっくりと腰を引いた。そして再び媚肉を掻き分け、ずくんっと中に押し入ってくる。

白蓮を気遣い、加減しながらも、それを何度か繰り返した。

「ひっ……あ、いやぁっ……ああ……」

「白蓮……」

蒼龍は上半身を起こし、白蓮の膝裏に腕を入れた。白蓮は腿を左右に大きく開かされ、そのまま固定される。

その状態で蒼龍は強く腰を押し付け、剛直を蜜壺の奥深くに沈めた。

「んんぅっ！」

白蓮は胃の腑《ふ》を押し上げられるような苦しさと、焼けつくような熱さに呻《うめ》く。

蒼龍は緩《ゆる》やかに腰を回した。みっちりと埋められた肉棒の先端が、膣内《ちつない》をさらに押し広げて最奥を抉《えぐ》る。

そうしながら、蒼龍は花弁の上にある敏感な花芽を、指の腹で優しく擦《こす》った。

「やぁっ……あっ……んんーっ！」

ひどい痛みの中に快感が交じり始めた。花芽を擦られるたびに白蓮の媚肉は蠢《うごめ》き、蒼龍の存在がより強く感じられる。

「目を開けて俺の顔を見ていろ、白蓮」

そう言われて素直に目を開けば、情欲の滲《にじ》む漆黒の瞳がまっすぐにこちらを見つめていた。

途端に白蓮は中をきゅうっと強く締めつけてしまい、蒼龍が「くっ……」と苦しげな声を漏らす。

「そんなに早く達《い》かせようとするな。もう少し味わわせろ」

苦笑しながらそう呟き、蒼龍はまた腰を引いて、剛直をギリギリまで引き抜く。

白蓮は一気に貫《つらぬ》かれる痛みを覚悟して歯を食いしばったが、蒼龍は今度は浅いところで抜き差しを繰り返した。

それだけでも痛みはあるが、大したことはなかった。花芽を擦られる快感と合わせて、切なく疼《うず》くような、覚えのある快感が蜜壺のとある箇所から湧き出る。先ほど指で散々弄《いじ》られたところだ。

そこを今、蒼龍の肉棒の先端が擦り上げていた。

「ああっ、あっ、やぁっ……蒼龍さまぁっ……」

白蓮の声に甘さが滲んだのを察して、蒼龍は口の端に笑みを浮かべる。

快感に伴って再び溢れ出した蜜のおかげで、白蓮の痛みは和《やわ》らいできた。蒼龍の動きもなめらかになり、熱い肉欲の塊《かたまり》が、白蓮の膣道《ちつどう》の奥深くを再び抉《えぐ》り始める。

「ああっ、あっ、はぁっ……んんっ、あ……」

内腑を圧迫する重みと、火傷しそうに熱い剛直に突き上げられる苦しさ——

それらを凌駕《りょうが》するほど膨れ上がった快感が、濁流《だくりゅう》のように押し寄せた。

蒼龍はずぶずぶと浅いところで抜き差ししていたかと思えば、いきなり奥深くまで突き上げてくる。

その動きに翻弄《ほんろう》されて、白蓮はひたすら喘《あえ》ぎ、身悶《みもだ》えた。

「お前の中は……想像以上に良い……」

荒い呼吸を繰り返しながら、蒼龍が愉悦《ゆえつ》の表情を見せる。

「こうして突き上げると、波打つように蠢《うごめ》き絡みついてくる……」

あまりの快感に、白蓮が助けを求めるかのごとく両手を伸ばすと、蒼龍はそれを掴んで白蓮の身体を力強く引き起こした。

「あっ……！」

そのまま抱きしめられ、白蓮は蒼龍の腿《もも》のつけ根あたりを跨《また》いで座るような格好になる。

蒼龍は一度足を伸ばしてから組み直し、胡坐《あぐら》をかいた。繋がったまま向かい合わせに抱き合う。白蓮は蒼龍の肩に手をのせ、自然に唇を重ねた。軽く舌を差し出してきた蒼龍に誘われる形で、自らの舌を絡める。

すると、蒼龍が下から腰を突き上げてきた。

「んんぅっ！」

白蓮自身の身体の重みも加わって、少し怖くなるほど深いところを抉られる。

鈍い痛みと、ふわりと蕩《とろ》けそうな快感が同時に襲い、白蓮は身体を震わせた。

とっさに唇を離そうとしたが、素早く後頭部に手を回される。いつの間にか蒼龍のほうが白蓮の舌を強く吸い、唾液を味わうように啜《すす》っていた。

「ん……蒼龍さま……あっ！」

唇が離れるのと同時に、再び下から突き上げられた。後頭部に添えられていた手は白蓮のくびれた腰を掴み、そのまま何度も揺する。

「んんっ、あっ、ああ、はぁっ……あぁぁっ……」

蒼龍の逞《たくま》しい身体に包まれ、力強く熱い腕に拘束されて、白蓮は被虐的《ひぎゃくてき》な悦《よろこ》びを感じていた。身体の奥深くを熱い楔《くさび》で穿《うが》たれるうちに、深い愉悦《ゆえつ》の底に堕《お》ちていく。

「白蓮っ……」

艶《つや》のある低い声で、切なげに名を呼ばれる。

蒼龍の何もかもが、白蓮の情欲を煽《あお》ってやまない。

肩から落ちるさらさらとした漆黒の髪も、官能的な香りも、熱い吐息も。そしてすべらかな肌に浮かぶ、一粒の汗ですら——

白蓮の中を行き来する蒼龍のものが膨らみ、重量を増したように感じた。

蒼龍の乱れた呼吸と苦しげな表情が、切羽詰《せっぱ》まった色合を帯びてくる。

と、そこで蒼龍は動きを止め、白蓮の中から剛直を完全に引き抜いた。

「ひぅっ……！」

その感触に白蓮が身体を震わせると、蒼龍は息を荒くしながらも、色気のある笑みを浮かべる。

「そこに両手をついて屈《かが》め。今度は後ろからだ」

白蓮は言われた通り敷布に手をついた。蒼龍に背を向けて、上半身をうつ伏せに近い状態まで屈める。

膝を立てて腰を持ち上げると、背後で蒼龍が息を呑むのがわかった。

「お前は……自分がどれだけ俺の欲望を煽《あお》っているか、わかっているのか？」

その言葉が、白蓮の胸に悦《よろこ》びをもたらす。羞恥《しゅうち》を感じながらも、蒼龍の気持ちをもっとこちらに引き寄せたくなる。

すべてをさらけ出した白蓮の姿態《したい》に、蒼龍は素早く手を伸ばした。

先ほどまで白蓮の中を穿《うが》っていた蒼龍の肉棒は、まだ蜜に濡れてぬめったままだ。硬く、腹まで反り返るほどいきり立っている。

それを背後から白蓮の蜜口にあてがうと、蒼龍はすぐに、ぐぷりと亀頭を埋め、そのまま一気に奥まで押し進めてきた。

「ああっ……！」

先ほどとは全く違う角度で媚肉を擦《こす》られる。蒼龍に両手で腰をしっかりと掴まれ、力強く打ちつけられた。

肌と肌がぶつかるたびに蜜が押し出されて、ぐちゅっぐちゅっと水音が響く。白蓮の耳を犯すその音は、蒼龍が抽送《ちゅうそう》を繰り返すのに合わせて何度も響いた。

「あっ、ああ、んっ、やぁっ……あぁぁぁぁっ」

蒼龍はこれでもかと言わんばかりに蜜壺を抉《えぐ》り、奥へ奥へと突き進んでくる。もうこれ以上進めないところまで来ても、そこからさらにぐりっと押し込むように、腰を押し付けた。

「んんーーっ！」

口から内腑が飛び出しそうなほどの圧迫感に、白蓮は呻《うめ》く。それと同時にせり上がる快感が全身を支配した。

まだ痛みもあるが、快楽のほうが勝っている。

やがて白蓮の中に埋められた剛直が再び硬さと重量を増したように感じた。蒼龍の律動がより一層激しくなり、白蓮の腰を掴む手に力が入る。

「やぁぁぁっ、あっ、ああ……蒼龍さまっ……」

白蓮の膣壁《ちつへき》がきゅうっと強く締めつけるのを感じ取ったのか、蒼龍が息を呑んで言った。

「達《い》くぞ、白蓮っ……」

「ああっ、あっ、あぁぁぁぁっ……！」

一際《ひときわ》高い声を上げ、白蓮が背中を大きく反らしたのと同時に、蒼龍は剛直の先端を最奥の壁に強く押し付け、勢いよく白濁《はくだく》を放った。

熱い迸《ほとばし》りが膣奥を濡らすのを感じて、白蓮はぶるりと身震いする。そして乱れた呼吸のまま、敷布にうつ伏せで倒れ込んだ――


翌朝、白蓮が目を覚ましたとき、すでに蒼龍の姿はなかった。

昨夜、蒼龍は「見つかる前に戻る」と言って、朝になる前に青瓷殿へ戻っていったのだ。

それを思い出した白蓮は、多少の寂しさを感じながら、重い身体を引きずって寝台を下りた。

下腹部にズキズキとする鈍い痛みがあり、足の間にはヒリヒリとした鋭い痛みがある。

寝台を振り返ると、敷布の上には染みが付き、そこに血が滲《にじ》んでいた。

（これ……どうしよう……）

掃除や寝所の支度をはじめ、白蓮の衣食住に関する世話は、すべて侍女がやってくれている。

だが平民である白蓮は、身の回りのことを他人にやってもらうのに慣れておらず、こんなときどうしたらいいのかわからなかった。

「おはようございます、白蓮さま」

不意に後ろから声をかけられ、白蓮はびくっとした。白蓮付きの侍女の声だ。

寝台の端に腰かけたまま黙って固まっている白蓮に近づいてくると、侍女は普段と全く変わらぬ口調でこう言った。

「湯あみの用意ができておりますので、まずはそちらへどうぞ。その間に朝食の支度をさせていただきます」

「……え？」

白蓮は目を丸くする。

風呂は寝る前に入っていたし、朝に湯あみをする習慣などなかったからだ。

「本日は古物商《こぶつしょう》の方がこちらに参られるとのことですので、按摩《あんま》のほうはお休みくださいませ」

「こぶ……？」

白蓮が混乱しているのがわかったのか、侍女はにっこりと微笑んで言う。

「皇上《こうじょう》から伺っております。あれらを換金されるとか」

侍女が指し示したのは、房の一角を占領している高級品の山だった。

やがて白蓮が湯あみを済ませてきたときには、朝食が用意されており、例の敷布も新しいものに交換されていた。

（皇上ってば、誰にも見つからないために早く帰ったんじゃなかったの……？）

侍女にすべてを知られているのが恥ずかしいやら納得いかないやらで、白蓮はなかなか食が進まなかった。


その夜も寝所に現れた蒼龍に、白蓮はまず感謝の言葉を述べた。

昼間に訪れた古物商は、反物や絵巻物をかなり高値で買い取ってくれたので、白蓮はとても気分が良かったのだ。

「朝は具合が悪そうだと聞いていたが……元気じゃないか」

蒼龍の言葉に、白蓮は軽く眉根を寄せて、むうっと膨れてみせた。

「やっぱり、全部侍女に筒抜けなんですか？」

蒼龍は面白そうにニヤッと笑う。

「他人に世話をさせる以上、仕方ないな。俺は生まれたときからそうだから、当たり前になっているが」

その言葉を聞いて、白蓮は蒼龍と自分との違いをあらためて実感した。

（そうだ……この人は、生まれたときから皇子さま――）

「侍女に筒抜けなら、なぜこっそりここへ？」

そう問いかけると、蒼龍は苦笑する。

「できる限り長く、晧月に秘密にしておきたいからだ。そのうちバレるとは思うが……」

白蓮は晧月にしつこく念を押されたことを思い出した。一線は絶対に越えるなと——

(もう越えちゃったけどね……)

「白蓮」

気が付けば、蒼龍は白蓮のすぐ傍《そば》に座っており、その顔は息がかかりそうなくらい近くにまで迫っている。

「皇上《こうじょう》……」

白蓮がそう呟くと、唇が触れる寸前で、蒼龍はピタリと止まった。そして不満げな顔をし、白蓮の額《ひたい》に自分のそれをコンと軽くぶつける。

「名で呼べと言ったろう?」

そうか……と思い出し、白蓮は顔を熱くしながら「蒼龍さま」と呼んだ。すると蒼龍は満足げな笑みを浮かべて、白蓮の唇に口づけた。

(どうしよう……気持ちいい……)

性技の実践と称して蒼龍と密な触れ合いを繰り返してきたが、接吻《せっぷん》と挿入《そうにゅう》の経験は別格だった。それらは身体だけでなく心までもが繋がって、互いが溶け合うような感覚をもたらす。

蒼龍の熱い舌に自分のそれを絡ませながら、求められるままに触れ合っていると、身体の奥がもっともっとと疼《うず》き出した。

白蓮が蒼龍の背中にそっと腕を回すと、蒼龍はそれに応えて白蓮の身体を力強く抱きしめた。逞《たくま》しい腕に抱かれて彼に強く求められていることを実感し、白蓮はまた胸が締めつけられるような苦しさを覚える。

（誰にも渡したくない……この人が私以外の女に触れたり、求めたり、愛を囁《ささや》いたりするなんて耐えられない。それがたとえ私よりずっと、この人にふさわしい人だったとしても――）

「蒼龍さま」

ようやく唇が離れたところで、白蓮は蒼龍の耳に囁いた。

「早く……繋がりたい……蒼龍さまをもっと、感じたい……」

昨夜と同じく、荒々しく貪《むさぼ》るように抱かれて、白蓮は痛みや苦しさと同時にひどく甘美な悦《よろこ》びを感じていた。

焼き尽くされそうなほど強い眼差しと、逞《たくま》しい身体を覆《おお》うなめらかな肌。白蓮の肌をくすぐる荒い吐息に、全身から伝わる熱。

そのすべてが愛おしく、白蓮の気持ちを狂おしいくらいに昂《たかぶ》らせる。

何度も深く穿《うが》たれて掻き回され、打ちつけられるうちに、白蓮は何も考えられなくなった。ただ蒼龍の動きに、言葉に、与えられる苦痛と悦楽に夢中になる。

その夜もまた身体の奥深くに熱い白濁《はくだく》を放たれ、白蓮は敷布の上に倒れ込んだ。

＊　＊　＊

数日後のある朝――

白蓮が茉莉殿を訪れると、劉貴妃が専用按摩《あんま》室に駆け込んできた。

「白蓮さん！」

血相を変えた劉貴妃を見て白蓮はぎょっとし、一体何があったのかと身構える。

「どうかなさいましたか？」

（ひょっとして、蒼龍さまとのことがバレた……？）

青くなる白蓮のもとへ、劉貴妃はまっすぐ迫ってきて、すぐ手前でピタッと止まった。

「どうもこうもありませんわ！　斉宮嬪から聞きましたのよ。特別な按摩のことを！」

「特別な按摩……？」

「なんでも、ここで受けている按摩とは全く違う特別な按摩があるとか！　斉宮嬪が先日、皇上《こうじょう》の閨《ねや》で受けたものです！」

（ああ……『仕込み技』のことか）

得心がいった白蓮は、ホッとして肩を落とす。

「白蓮さん。わたくしもそれを、受けてみたいのです！」

うんうん……とうなずきかけて、白蓮はまたもやぎょっとした。

「え……アレをですか⁉」

劉貴妃は真剣な表情でさらに顔を近づけてくる。

「お願いします、白蓮さん！　わたくしも……行ってみたいのです！　天の国の彼方に！」

「天の国……？」

（一体どこですか？　それは）

劉貴妃と斉宮嬪の間でどのような会話がなされたのかはわからない。だが白蓮は劉貴妃を、ひとまず落ち着くようにと諭《さと》した。

「その按摩《あんま》はですね……その、ここで施術するのには向かないものなのです」

「なぜですの？」

真剣に問いかけられてたじろぎながらも、白蓮は説明した。

「施術中の声が外に漏れると……色々と都合が悪いのです」

「声……？」

美しい目を丸くしてこちらを見つめる劉貴妃に、白蓮は苦笑する。

「施術で感覚が高まってくると……気持ちが良すぎて、ちょっと他人には聞かせられないような声が出てしまうのです。これまでに、そうならなかった人は一人もいません」

白蓮の言葉に、劉貴妃は目をさらに大きく見開き、茫然とした表情を浮かべた。

「そんなに気持ち良いのですか……？」

「はい」

にっこりと微笑む白蓮を見て、劉貴妃はさらに勢いづく。

「ますます受けてみたくなりましたわ！　どうしたら施術していただけるのですか⁉」

「どうしたら……？」

即答できず困った白蓮は、ひとまず回答を保留にした。

「私は皇上《こうじょう》に雇われている身ですので……ちょっと皇上に相談してみます」

「わかりました！　白蓮さん、なるべく早くお願いいたしますわ！」

劉貴妃は何度も「なるべく早く！　できるだけ早く！」と念を押して、やっと房を出て行く。

白蓮はふうっとため息を吐《つ》くと、以前『仕込み技』が元で起こった実家でのとある騒動を思い出した。

（あれは、結構大変だったなぁ……）

斉宮嬪のときは皇上のためという名目があったので仕方なくやったが、できることならあまりやりたくない。

薬も過ぎれば毒となる――

白蓮はとりあえず劉貴妃との約束通り、今夜も忍んでくるはずの蒼龍に、報告がてら話だけはしてみようと思った。

夜更け過ぎ――

寝所に忍んできた蒼龍は、昼間の件について相談しようとした白蓮を、すぐに腕の中に囲って悪戯《いたずら》を始めた。

白蓮の夜着の合わせ目から手を忍び込ませ、胸の頂《いただき》の小さな実をくすぐる。

「あんっ……蒼龍、さ、ま……んんっ」

「どうした白蓮。相談とはなんだ？」

蒼龍がそう問いかける声には、いかにも愉《たの》しげな音色が交じっていた。

すべてが終わったときにはぐったりしてしまうので、話などできなくなる。

そう思った白蓮は蒼龍が胸元に差し込んでいる手首を右手で掴み、左手をそっと蒼龍の太腿《ふともも》に伸ばした。そして足の付け根のとある箇所を、ぐっと強めに押した。

「うぁっ！」

蒼龍は全身をびくんっと反応させ、驚愕に目を見張る。

「白蓮……何を……」

蒼龍の腕の中から抜け出して向かい合わせに座ると、白蓮はじっとその顔を見つめた。

「蒼龍さま。ちゃんと話を聞いてくれないなら……先に達《い》かせてしまいますよ？」

白蓮が膨れるのを見て、蒼龍は苦笑いを浮かべた。次いで残念そうにため息を吐《つ》く。

「わかったわかった。話を聞くから、俺だけ先にというのは勘弁してくれ」

（相変わらず、油断も隙《すき》もないんだからっ）

話を聞いてくれるとは言ったものの、蒼龍は「これだけ許せ」と言って自分の足の間に白蓮を座らせ、背後からぎゅっと抱きしめてきた。

そして白蓮の肩に軽く顎をのせる。

「蒼龍さまって……」

「ん？」

（意外と甘えたがり……？）

思えば最初に瑠璃殿で会ったときも、いきなり横抱きにされて、ものすごく驚いたものだ。

「いえ、なんでも」

そんなことを指摘したら怒られそうなので、白蓮は胸の中にしまい、ほくそ笑んだ。

「それで？　相談とは？」

蒼龍に促されて、白蓮は「あ、はい」と顔を上げる。

「あの……以前、私が閨《ねや》で斉宮嬪に施《ほどこ》した術を、劉貴妃も受けてみたいとおっしゃるのです」

すると蒼龍は、目を丸くした。

「『仕込み技』を……？」

「はい、そうなんです」

「どこでやるんだ？」

（やっぱりそこですよね）

蒼龍の問いに、白蓮は苦笑する。

「場所に困るというのももちろんなんですが……本当は、あまりやりたくないのです」

白蓮の憂鬱《ゆううつ》さが伝わったのか、蒼龍は肩にのせていた頭を上げて、軽く眉根を寄せた。

「なぜだ？」

「クセになるからです」

蒼龍は身体を起こし、振り返った白蓮の目を真剣な表情で見つめ返す。

「クセ、とは？」

白蓮はうなずき、蒼龍の胸に頭をもたせかけた。

「中毒というか……ハマってしまうのです。斉宮嬪の場合は中途半端なところでやめましたから、大丈夫だったと思うのですが……達《い》かせてしまうと、例外なくハマリます」

蒼龍はゴクリと唾を呑み、白蓮の頭を大きな手で優しく撫でた。

「ハマると……どうなる？」

「それなしでは、いられなくなります」

白蓮は以前起こった実家での騒動について、蒼龍に話して聞かせた。

とある娼妓《しょうぎ》に対して『仕込み技』を施《ほどこ》したとき、うっかりやり過ぎて彼女を達かせてしまったこと。その娼妓は白蓮の施術にハマってしまい、娼妓としては使い物にならなくなったことを――

「以来、仕込みのたびに最後まで達《い》かせることを強要されるようになりました。拒否すると脅されたり暴れられたりして……。最後まですればおとなしくはなりますが、達した後の惚《ほう》けた状態では、お客の前には出せません」

「施術をしないでいればどうなるんだ？」

白蓮は蒼龍の精悍《せいかん》な横顔に見惚《みと》れながら答えた。

「しつこく施術を要求してきます。欲求が消えることは決してありません」

白蓮は優しく頭を撫で続ける蒼龍の手を取り、それにそっと口づけした。すると蒼龍も白蓮の額《ひたい》に唇を落とす。

「そうか……わかった。その件は俺からの許可が下りないと言って、保留にしておけ。ちょっと考えたい」

白蓮はうなずき、顔を近づけてきた蒼龍に応えて口を開く。蒼龍の熱い舌が入ってくると、待ち望んでいたそれに、白蓮は自ら舌を絡めた。そして蒼龍の首に腕を回して抱きつく。

「俺も……すっかり中毒だ。お前なしでいられる気がしない」

蒼龍の囁《ささや》きに白蓮は接吻《せっぷん》で応え、蒼龍の耳朶《じだ》を甘噛みしてから囁き返す。

「私も……蒼龍さま。もっと触れて、いっぱいにしてください……」

日に日に長くなる二人の逢瀬《おうせ》は、その日も明け方近くまで続いた。

第四章　香辛料と隠し味

皓月はまたしても焦《じ》れていた。

蒼龍が数日前から、白蓮を閨《ねや》に召すのをピタリと止めている。その間、他の妃を召しているわけでもない。要は、誰も呼ばれていないのである。

（これでは何も進まないではないか――）

白蓮を閨に召してもいいが、その代わり妃たちも同じように召し出すと約束させたのに、全く意味がない。白蓮を後宮に上げてから、かなり日が経っている。皓月もいい加減、実績を出さないとまずい状況に置かれていた。

有力貴族たちは、自分の娘が召し出されるのを今か今かと待ち侘《わ》びている。たとえ皇子を授からなくても皇帝の寵愛《ちょうあい》を受けられれば、それだけでも貴族社会における地位が上がるのだ。寵愛が深ければ、そのぶん娘が皇子をもうける確率も上がる。

そういうわけで、娘である妃たちも親から発破をかけられているのだろうが、そもそもお召しがなければ努力のしようがない。

今のところ閨に召されたことがあるのは、位が一番高い『貴妃』の五人と斉宮嬪の、計六人のみである。それも一度きりであることから、貴族社会への影響はまだ何も出ていない。つまり妃たち全員がスタートラインに立ったまま、誰も動いていない状態なのだ。

この状況を有力貴族たちが黙って見ているわけがなく、中には直接皇上《こうじょう》に進言する強者《つわもの》もいる。だが大抵は、側近である皓月に対して圧力をかけてくるのである。この圧力から、皓月もそろそろ解放されたかった。

一人の妃ばかりが召されると、それはそれで困る。だが、それによって蒼龍の好みがわかってくれば、貴族たちは勝手に動き出す。皆がイライラするのは、今は蒼龍の好みすらわからないからである。

今のところ、白蓮の存在は外には知られていない。そして後宮内では、白蓮はあくまで妃のために雇われた按摩《あんま》師であると思われている。本来は、彼女の存在そのものを隠しておくつもりだったのだが……

白蓮が皇上の寵愛を一身に受けていることが内外に知られたら、大変なことになる。

そのようなことになる前に、コトに及ぶ及ばないは別として、蒼龍には妃たちを閨に召し出してもらわなければならない。

「はあぁぁぁぁ……」

誰もいない蒼龍の執務室で、皓月は盛大なため息を吐《つ》いた。

（一体どこへ行ったのだ？　皇上は――）

ここ最近、蒼龍を説得しようと思っても、全く捕まらない。なんのかんのと用事を作って方々に出掛けているのだ。

そのとき、蒼龍の侍官が執務室の前を通りかかった。晧月が「皇上《こうじょう》はどこに行かれた？」と聞くと、意外な答えが返ってくる。

「娼館？」

それも、わざわざ変装してお忍びで向かったという。

（なんということだ——！）

晧月は思わず天を仰いだ。

＊　＊　＊

「皇上！」

執務室に戻った蒼龍を、晧月が苦虫を噛み潰したような顔をして待っていた。大層不機嫌そうだが、いくら顔をしかめても迫力に欠けるのが悲しいところだ。

蒼龍が口の端を上げてニヤッと笑うと、晧月の眉間《みけん》のシワはますます深くなった。

「とうとう見つかったか」

蒼龍は笑みを浮かべたまま晧月の前を通り過ぎ、執務机に向かう。

すると晧月はガックリと肩を落として、大きなため息を吐《つ》いた。

「何をしているんですか？」

「何、とは？」

しれっと問い返せば、晧月は恨めしげにこちらを睨んでくる。

「妃だけでなく、黄白蓮まで放置して娼館へ行くとはどういうことですか？　一体なんのために、あんな苦労をしてまで黄家を説得したと思っているんですか！」

蒼龍は軽く目を見張った後、くくっと笑った。

晧月は怪訝《けげん》な表情を浮かべる。

「なんですか？」

「いや。……それで？　わざわざここで張っていたのは、そんな文句を言いたかったからなのか？」

蒼龍は椅子に腰掛け、机の上に積まれた書簡の一つを手に取る。

晧月は一度大きく深呼吸をし、気合を入れ直してから再び口を開いた。

「そういえば少し前も、お姿が見えない日がありましたが、どちらへ行かれてたんですか？　火急の用があったのにどうしても捕まらず、苦労しましたよ」

「ん？　火急の用とはなんだ？」

「門下省の劉侍中《りゅうじちゅう》から、謁見《えっけん》の希望がありました。おそらくは劉貴妃のことで、進言がしたかったのではないかと」

「……そうか」

蒼龍は軽く眉根を寄せ、ため息を吐《つ》いた。

劉貴妃の父である劉侍中は、勅令《ちょくれい》の審議機関である門下省の長官だ。政治的にも大変重要な人物で、いくら皇帝といえども簡単に無視することはできない。

劉侍中が会って何を話したかったのかは想像がつく。「自分の娘を閨《ねや》に召すように。さもなくば……」という、進言という名の脅迫だ。言われてしまえば聞き入れないわけにはいかないから、このまま会わずに済むならそうしたい。

「行き先は李汀洲《りていしゅう》の屋敷だ」

蒼龍はそう呟くと、手に取った書簡を読むのを諦め、元の位置に戻した。

「李汀洲……？　礼部侍郎《れいぶじろう》のですか？」

礼部とは教育・倫理と外交を司《つかさど》る部署であり、侍郎は役職名である。

「他に李汀洲という名の官人がいるのか？」

蒼龍の答えに、皓月は苦い顔をした。

「おりません。……で、なぜ李汀洲の屋敷に？」

蒼龍はどう答えるべきか一瞬迷い、間を置いてから答える。

「……科挙《かきょ》の進み具合の確認と……他にも色々な」

「色々？」

皓月が怪訝《けげん》な目を向けてきたので、蒼龍は苦笑した。

「要は他に聞かれたくない話だ。人事についてのな」

「ああ……」

普通であれば侍郎職に就《つ》いている者と、人事の話をすることはない。だが、李汀洲は官人の登用試験である科挙を長年担当し、広く官人の適性に通じている。蒼龍が彼に人事について助言を求めても不自然ではなかった。

「あの者は有能ですからね。有力貴族の後ろ盾があれば、もう少し出世するものを……」

皓月が話に乗ってきたため、蒼龍はすかさず返した。

「ああ。一族揃って優秀だからな。俺としても、もっと重用《ちょうよう》してやりたいところだが……。ちなみに息子も、昨年の科挙を最良の成績で通過したそうだぞ」

「は？　なぜ科挙を？」

皓月が目を丸くするのを見て、蒼龍は愉《たの》しげに笑った。

李家も下級とはいえ貴族である。官人になるために試験を受ける必要はないはずだった。

「力試しをしたかったそうだ。面白いだろう？」

「はぁ……面白いというか、変わっていますね……」

「それで？　他に聞きたいことは？」

その言葉を聞いて、皓月はハッとした。そして居住まいを正し、また顔をしかめる。

「黄白蓮のことです。ここ数日は閨《ねや》にお召しになっていないようですが……もういいのですか？」

「……もういい、とは？」

「実家に帰してしまってもいいのか、という意味です」

蒼龍は一瞬黙り込み、皓月をまっすぐ睨みつけた。そして低い声で言う。

「だめだ。もしあいつを勝手に家に戻すようなことがあれば……お前の首が飛ぶと覚えておけ、皓月」

皓月は蒼龍の本気を感じ取ったのか、顔色を変えて無言でうなずいた。

それを確認した蒼龍は、ふっと息を吐《つ》くと、机の上を指先でトントンと叩く。

「心配するな。……近いうちに妃を召し出す」

皓月は黙ったまま再びうなずくと、蒼龍に礼を取り、静かに退出していった。

＊　＊　＊

「今宵は皇上《こうじょう》からのお召しがございますので、お支度をさせていただきます」

按摩《あんま》の仕事を終えて茉莉殿から戻ってきた白蓮に、侍女がいつもと変わらない口調でそう告げた。

「え……？」

白蓮は目を丸くして背後にいる侍女を振り返ったが、その表情からはなんの感情も読み取れない。

（どういうこと……？　妃を閨に呼びたくないからと言って、今まではこっそり忍んできていたのに――）

白蓮は蒼龍が何を考えているのかわからず、混乱した。

胸に生まれた微かな不安が、じわじわと滲《にじ》むように広がっていく。

青瓷殿へと続く渡殿《わたどの》を通り、閨の入り口をくぐると、広い寝台の上にはすでに蒼龍の姿があった。

白蓮は入り口の前で膝をつき、頭の前で手を合わせる。

肌を重ねるようになってからは、顔を合わせるとすぐ蒼龍の腕の中に囲われてしまって、礼を取る間もない。白蓮は久しぶりに蒼龍との距離を感じ、軽く胸が痛んだ。

蒼龍は寝台の上で肘をつき、横になったままじっと白蓮を見つめている。白蓮が顔を上げると、手招きをしてきた。

何も言わない蒼龍に、白蓮は少し緊張しながら近づいていく。そして寝台の端ギリギリのところまで近寄ると、自分から呼びかけた。

「蒼龍さま……？」

すると蒼龍は目を細め、手を差し出してくる。

「おいで、白蓮」

蒼龍が微笑むのを見てやっと安心した白蓮は、その手を取って寝台に上がり、引き寄せられるまま彼の腕の中に収まった。

「蒼龍さま……」

広くて温かい胸に頬をすり寄せる白蓮の頭を、蒼龍は大きな手で優しく撫でる。しばらくの間、彼は黙って白蓮の身体を抱きしめていた。

いつもと違う蒼龍の様子に、白蓮はまた不安を覚える。

何か考え事をしているのか、蒼龍はどこか遠くを見つめていた。その横顔を白蓮が眺めていたら、やがて蒼龍はため息を吐《つ》いてから、ようやくこちらを見た。

「白蓮」

「は、はいっ」

急に呼ばれた白蓮は、びくっとして背すじを伸ばす。すると蒼龍は一瞬目を丸くしてから、ふっと笑った。

「すまん、考え事をしていた」

そう言って白蓮の額《ひたい》に口づけると、その頬を両手で包み、今度は唇を何度か甘噛みした。

「今日は朝までここにいるといい」

「蒼龍さま……なぜ私をここへ呼んだのですか……？」

白蓮は気になっていたことを聞いてみた。

蒼龍は一瞬答えるのを躊躇《ためら》い、すぐに苦笑を浮かべる。

「……お前を閨《ねや》に召さなくなったことで、皓月のやつが色々勘ぐっているんでな」

彼の口から皓月の名前が出てきたとき、白蓮はふとあることを思い出した。

「あの……また覗いていたりしませんよね？」

蒼龍は目を丸くすると、くくくっと笑い出した。

「そうだな……もう懲《こ》りたとは思うが、一応確認してみるか？」

蒼龍は白蓮の手を取って寝台から下り、向かい側の壁に向かって歩いた。

そこに置いてある屏風《びょうぶ》を脇にどけると、その後ろの壁には、縦に長い隙間《すきま》が空《あ》いている。

（あ！　こんなところに！）

白蓮は目を丸くした。

「隣の部屋からこちらを覗けるようになっているんだ。俺も、お前が斉宮嬪に施術するのをここから見ていた」

白蓮は壁際にしゃがみ込んで、その隙間を覗き込む。隣の部屋は真っ暗でよく見えず、内装はもちろん大きさすらもわからない。

（こっちからは何も見えないけど……灯りがついているから、あっちからは見えるのよね）

しゃがんだまま蒼龍の顔を見上げると、彼は熱っぽい視線を白蓮に向けていた。

白蓮はハッとして自分の身体を見下ろす。

はだけた夜着の間から、内腿《うちもも》や胸の谷間が見えている。慌ててそれを隠し、白蓮は恥ずかしさをごまかすために蒼龍を軽く睨みつけた。

蒼龍はおかしそうに笑い、屈《かが》んで白蓮の背中と膝裏に腕を回す。そして、そのまま横向きに抱き上げた。

「きゃっ！」

白蓮が慌てて蒼龍の首にしがみつくと、彼は白蓮の耳に、低く艶《つや》のある声で囁《ささや》く。

「朝までじっくり可愛がってやろう」

「蒼龍さま……」

寝台に連れ戻された白蓮は、その言葉通り一晩中、蒼龍に啼《な》かされることになった。


翌朝、朝議へ向かう蒼龍を見送った後、白蓮は身支度をして瑠璃殿に戻った。

すると、侍女が「客が来ている」と言う。

「客……？」

「はい。桂花殿にお住まいの、郭《かく》貴人と鄭《てい》貴人です」

桂花殿とは、下級妃嬪《ひひん》の暮らす宮殿である。

（なぜ桂花殿のお妃さまたちが……？）

白蓮は希望者が多いのをいいことに、按摩《あんま》の料金をかなり吊り上げている。そのため、客のほとんどは茉莉殿に暮らす上級妃嬪たちだった。

会ったこともない二人の妃の名前を聞いて、白蓮は怪訝《けげん》に思う。二人が訪ねてきた理由に、全く心当たりがなかったからだ。

白蓮は首を傾げながら、彼女たちが待つ房へと向かった。

指定された部屋に入ると、そこにいた二人の女性は、白蓮を見てあからさまに顔をしかめる。

「あなたが黄白蓮……あの有名な娼館の娘なの？」

「そんな汚らわしい娘が、なぜこの後宮にいるの？」

その口調と目つきには、明らかな蔑《さげす》みの色が滲《にじ》んでいた。

白蓮は反射的に敵だと見なし、彼女たちに怜悧《れいり》な眼差しを向けた。そして人から妖艶《ようえん》と評される微笑みを口元に浮かべてみせる。

二人の貴人はその表情を見て気圧《けお》されたのか、一歩後ろへ下がった。

白蓮は幼い頃から、どこへ行っても「売女《ばいた》」だの「末は高級娼妓《しょうぎ》」だのと、侮蔑《ぶべつ》を込めた言葉を投げつけられることが多かった。

実家が国一番の売上げを誇る店だから金に困ったことはないが、そのことも人々の嫉妬を煽《あお》る。

その容姿の美しさゆえ、特に同性からは嫌われやすかった。

（なんだか久しぶりね、この感じ……）

白蓮はふっと笑みを漏らすと、二人の顔を交互に見比べてから、意味ありげに微笑んでみせた。

「何かご用でしょうか？」

二人の貴人はハッとして態勢を整え直した。そして、白蓮をキッと睨みつけてくる。

「あなたのような者は、ここにふさわしくないのよ」

「早く娼館へお帰りなさい。娼妓風情《しょうぎふぜい》が」

それを聞いて、白蓮は内心やれやれと思った。

（この言い草、お妃さまが聞いて呆れるわね）

「あいにく私は皇上《こうじょう》に雇われた身ですので……。勝手に帰ることはできないのです」

いかにも残念そうに肩をすくめてみせると、二人は馬鹿にされたと思ったのか、顔を赤くして怒り出した。

「皇上を誑《たぶら》かすのも、いい加減になさいっ」

「知っているのよ！　皇上が連日あなたの部屋を訪れていたことも、昨夜あなたがあの渡殿《わたどの》を通っていったことも！」

白蓮はあっけに取られて目を丸くする。

（それ、ずっと見張ってたってこと……？　皇上がお忍びで来るところも？）

二人の根性に、白蓮は思わず感心した。と同時に、この話が後宮に広まったら色々とまずいのではないかと思い、危機感が湧いてきた。

白蓮が急に顔を背《そむ》けて黙り込んだので、二人の妃はここぞとばかりにまくし立てる。

「バカ高い料金を取るエセ按摩《あんま》に群がってる人たちも、このことを知れば目が覚めるんじゃないかしら」

「皇上が妃たちには目もくれず、高級娼妓にのめり込んでいることを知ったら、貴族たちも黙っていないわよ？」

「あなたのご実家の娼館も、潰されてしまうかもね」

「そうよ。きっとあっという間よ！」

（もし本当に、お妃さまたちに噂が広まったら……）

この後宮にいる五百人もの妃嬪《ひひん》たちから、一斉に敵意を向けられる——それを想像して、白蓮は軽く身震いした。

「あなた、まさか皇子を産んでしまえば妃になれるとでも思ってるんじゃないの？」

「無理よ無理！　平民でも宮女にはなれるけど、そもそも処女であることが条件だもの。万が一あなたが皇上の子を身籠《みごも》ったとしても、産んだ子は素性を隠して捨てられるのがオチよ」

これには、さすがの白蓮も言葉を失った。

当の蒼龍は、白蓮が処女であったことを知っている。だが世間の人はたとえ話したところで、娼館の娘である白蓮が処女だったなどと、信じるはずがないのだ——

「いいこと？　自分の愚かさがわかったなら、早く後宮を出て行くことね」

「ああいやだ。汚らわしい者が一人交じっているだけで、後宮全体が穢《けが》れていくように感じるわ」

二人の妃は最後まで白蓮を罵倒し、早々に去っていった。

部屋に一人残された白蓮は、何をどうしたらいいのかわからず、ただ茫然と外を見つめていた。

その日、白蓮は茉莉殿に按摩《あんま》をしに行くべきかどうか迷った。

自分に皇上《こうじょう》のお手が付いたという話が、どこまで広まっているのかわからない。先ほど自分を訪ねてきた妃たちの反応を見るに、他の妃やその家族に伝わっていてもおかしくないが――

(噂がどこまで広がっているのか確かめる意味でも、行ったほうがよさそう……)

それに、あの二人の脅しに屈したと思われるのは心外だった。そもそも閨《ねや》の中で実際に何が行われていたのかは、そこにいた当人たちにしかわからないはずだ。

素知らぬ顔をし、普段通りに生活するのが一番いいだろう。

(もし何か言われたとしても、否定するしかない……)

白蓮は再び外出用の身支度をするため、立ち上がった。

「ねぇ、白蓮さん。聞きたいことがあるのだけれど……」

珍しく夕方近くに専用按摩室へやってきた劉貴妃は、按摩用の寝台に腰かけると、そう切り出してきた。

白蓮は不意を突かれてどきりとする。今日按摩に訪れた他の妃嬪《ひひん》たちからは、ここまで何も言われなかったので、油断していた。

「なんでしょう？」

白蓮が聞くと、劉貴妃は優美な笑みを浮かべて軽く首を傾げた。

「白蓮さんは、皇上にお会いになったことがあるって言ってたわよね？」

その瞬間、白蓮の背中を冷たい汗が流れた。

内心の焦りを態度に出さないよう注意しながら、静かにうなずいてみせる。

「はい。雇い主ですから……」

「皇上からは、どういったお仕事を頼まれているの？」

劉貴妃の表情は変わらず、柔らかい微笑みを浮かべたままだ。

もし蒼龍とのことを探られているのだとしたら、劉貴妃もなかなか一筋縄ではいかない人物かもしれない。

「按摩師として雇われています。昼間はここで施術をさせていただいていますが、夜は皇上にも按摩をさせていただくことがあります」

そもそも本当にそういう契約だったのだから、嘘ではない。

(処女を捧《ささ》げてしまったのが、想定外だっただけで……)

「皇上には……どんな按摩をするの？」

劉貴妃は微笑みを崩さず、なおも尋ねてきた。

(ここからは……本当のことは言えない)

白蓮は努めて自然に答える。

「昼間のお仕事でお疲れになっていらっしゃるので、寝る前に緊張をほぐすための按摩《あんま》をしています。ここでさせていただいているのと同じようなものです」

「そう……」

劉貴妃が口元に手を当て、何かを考えるような様子を見せたので、今度は白蓮が首を傾げた。

「何か気になりますか？」

劉貴妃は目を丸くし、慌てて首を横に振る。

「いいえ、なんでもないの。……あのね、昨夜白蓮さんが青瓷殿に続く渡殿《わたどの》を通ったのを見かけたって人がいて……。皆がそれを気にしているから、私が代表して理由を確かめることにしたの。でも、そういうことなら納得したわ。ごめんなさいね」

その人の好《よ》さそうな笑顔を見て、白蓮の胸はひどく痛んだ。

そこで劉貴妃が、ようやく寝台に横になった。

白蓮が施術を始めると、彼女はほうっと息を吐《つ》く。

「やっぱり気持ちいい……。皇上《こうじょう》が白蓮さんを雇った理由がよくわかるわ」

白蓮は按摩をしながら、思わず苦笑した。

だが、次の言葉を聞いて身体が凍りつく。

「近々、もう一度閨《ねや》に呼んでいただけそうなの。お父さまから、そういう知らせが来て……。今度こそ、お気に召していただけるように頑張らなくちゃ」

「……そうですか、良かったですね」

答える自分の声は震えていないか、施術の手順は間違っていないか――

白蓮は真っ白になった頭で、なんとかそれだけを考えた。やがて按摩を終えると、張り付けたような笑顔で劉貴妃を見送る。

扉を閉めて一人になると、白蓮はひどい息苦しさを感じてその場にうずくまった。

按摩を終えて瑠璃殿に戻ってきた白蓮は、またしてもそこに皓月がいるのを見て、大きなため息を吐《つ》いた。

(今日は厄日なのかしら……)

今の白蓮に、皓月の嫌味を聞く精神的余裕はない。

だが出迎えた皓月の表情は思いのほか明るく、白蓮は怪訝《けげん》な顔をした。

「……今日はなんの用ですか?」

「黄白蓮、よくやりました!」

「は?」

(一体なんのこと?)

眉間《みけん》のシワを深くした白蓮に構わず、皓月は機嫌よく答える。

「皇上《こうじょう》が今宵、劉貴妃を閨《ねや》に呼ぶと約束してくれたのですよ。これで私の肩の荷も下りるというものです」

その言葉に、白蓮は息を呑む。震える指先を握り込んで、皓月の向かい側に力なく座り込んだ。

そんな白蓮の様子に気付かず、皓月は続ける。

「ここしばらくあなたを閨に召さなくなったと思ったら、昼間は娼館へ通っているというので、どうしたものかと心配しましたが……良かったです」

皓月の口から飛び出した思わぬ事実に、白蓮はさらなる衝撃を受けた。

(娼館？　蒼龍さまが？)

「このまま上手く事が運びさえすれば、あなたもじきに家に帰れますよ。私としては、もう帰ってもらっても構わないのですが、皇上が反対するのでね」

「え……？」

満足げな顔をして、皓月は言う。

「このままあなたを手放さないのなら、宮女として後宮に入れてはどうかと皇上に進言してみたのですが、それは却下されました。ですから、あなたがここから出られる日もそんなに遠くはないと思いますよ」

皓月がいつ瑠璃殿を出ていったのか、白蓮は覚えていない。

暗くなった庭をぼんやり眺めていたら、侍女が後ろから声をかけてきた。

「本日のお召しはございません」

白蓮がぼうっとしたまま振り返れば、侍女はすでに寝所と夜着の支度に取りかかっており、それが終わると静かに退出していった。

（なんて日だろう……）

先ほど晧月から聞いた話を、白蓮は思い返した。

——今宵、劉貴妃が閨《ねや》に召される。そして蒼龍には、自分を宮女にするつもりがない。

（あとは……なんて言われたっけ……）

——白蓮を召さなくなってから、昼間は娼館に通っている。

自分は蒼龍にとって一体どんな存在だったのか、白蓮にはよくわからなくなってしまった。

蒼龍は言ったはずだ。『お前だけを愛すると誓ってやろう』と。そして『心はもちろん、身体もお前だけに与えると約束する』——と。

（そういえば……どうやってそうするのか聞いたけど、蒼龍さまの答えをまだ聞いてなかった……）

白蓮は苦笑を浮かべて、またすぐにうつろな表情に戻る。そして再び窓の外の暗闇へと目を向けた。

白蓮は暗闇に沈んだ瑠璃殿の庭を歩いていた。

今宵、蒼龍が劉貴妃を召すというのは本当なのか――

皓月の言葉がどうしても信じられず、気付けば夜着姿のまま外に出ていた。

隠離宮とはいえ、きちんと人の手が入って整えられた庭の木々。その間を抜けて進むと、前方から複数の人の気配がした。

(あれは……)

前方に見えるのは、青瓷殿の閨へと続く専用の渡殿《わたどの》である。

そこを案内役の宦官《かんがん》について歩くのは、薄手の夜着に身を包み、豪奢《ごうしゃ》な袍《ほう》を羽織《はお》った、夜目にも美しい貴婦人――

(劉貴妃!)

白蓮はその姿を、茫然と見つめる。

木の陰に立ち尽くしたまま、劉貴妃の姿が見えなくなった後も、ずっと動けずにいた。

朝に訪ねてきた妃たちや皓月の言葉が、繰り返し頭の中を駆け巡る。

彼らが言っていたことは、本当だったのだ――

そう思った途端、白蓮はたまらなくなって、来た道を駆け戻った。

夜のうちに、白蓮は紫華城の後宮から忽然《こつぜん》とその姿を消した。

＊　＊　＊

「白蓮がいないとは、どういうことだ？」

朝議が終わるのを待たずにそれを報告をしに来た侍女は、蒼龍の反応に震え上がった。

白蓮に関する報告をするときはいつも、笑みを浮かべながら愉《たの》しそうに話を聞く。そんな蒼龍がキツく眉根を寄せ、今にも首を刎《は》ね飛ばさんばかりの勢いで自分を睨みつけている。

「昨夜はお食事も召し上がらず、ぼんやりしたご様子で……今朝お部屋に入ったら、寝台を使われた形跡がなく、初日に着ていらした服と、反物などを換金したお金がなくなっていました」

「……心当たりは？」

「様子がおかしくなったのは、昨日の朝からです。桂花殿にお住まいの貴人お二人が、白蓮さまを訪ねていらっしゃいました。私が裏で話を聞いておりましたら、娼館の娘であることや皇上《こうじょう》の閨《ねや》に上がっていることなどについて、白蓮さまを罵倒なさっておりました。その後、白蓮さまはいつも通り茉莉殿に行かれたので、大丈夫かと思いましたが……夕方に秋晧月さまが訪ねていらっしゃった後、さらに様子がおかしくなったのです」

それを聞いた蒼龍は苛立ちを露《あら》わに、地の底から響くような低い声で命じた。

「秋晧月を呼べ」

もうそろそろ朝議が始まる時間であるにもかかわらず、侍女の一人が慌てた様子でやってきて、

「皇上がお呼びです」と晧月に伝えた。

晧月は、昨晩蒼龍がとうとう劉貴妃に手を付けたという吉報だと思った。だが侍女が顔面蒼白になっているのを見て、顔色を変える。

「何があった？」

「白蓮さまがいなくなりました」

「……何？」

「昨夜から行方不明なのです」

蒼龍の白蓮に対する並々ならぬ執着心を知っている晧月は、冷や汗をかいた。即座に立ち上がると、その侍女に白蓮の捜索の準備をするようにと命じる。

だが、侍女は首を横に振った。

「すでに皇上が手配なさっています。迷人華館へ遣いをやり、白蓮さまの足取りを探るための部隊を出しておられます」

「そうか……」

白蓮を探す姿勢を見せることで、蒼龍の機嫌を少しでも直せればと思ったのだが——

晧月は蒼龍の執務室に向かって足早に歩き始める。すると侍女が追いかけてきて、こう言った。

「皇上《こうじょう》は昨日、皓月さまが白蓮さまをお訪ねになられた際、何を話されたのかをお聞きしたいとのことです」

「何を話したかって……？」

皓月は、蒼龍が劉貴妃を閨《ねや》に召すという話に浮かれていて、そのときの白蓮の様子はあまり記憶に残っていない。

（確か……）

今宵劉貴妃が閨に召されるから、このまま上手くいけば白蓮は家に帰れるだろうと話した。絶対に喜ぶと思ったのに、白蓮はその場に座り込んだままうつむいていた。

あとは、白蓮を宮女にしたらどうかという進言は、蒼龍に却下されたとも言ったが……

そこで皓月はハッとする。

「まさか……黄白蓮は、後宮に残りたかったのか？」

怪訝《けげん》な表情で呟いた皓月に、侍女は目を丸くした。そして躊躇《ためら》いながら答える。

「皇上と白蓮さまは、互いに想い合っておられますから……」

（は？）

皓月は思わず足を止め、驚愕の表情で侍女を振り返った。

「なんだと？」

一体いつの間にそんなことになっていたのか。

それが本当であれば、昨日の自分の発言は——

皓月の足が完全に止まった。

自分が無意識にやらかした致命的な失言の数々に気が付いて、真っ青になる。

（これは本当に、首が飛ぶかもしれない……）

＊＊＊

蒼龍は執務机の前に立ち、他にできることはないか、目まぐるしく考えていた。

とてもじゃないが、じっと座ってなどいられない。

昨夜は劉貴妃を閨に召したため、丸一日以上、白蓮の顔を見ていなかった。

（一体どこにいる——？）

捜索隊からの報告はまだない。

蒼龍は自ら探しに行きたい気持ちを抑えて、皓月が来るのをイライラしながら待っていた。

やがて気まずそうな顔で執務室に入ってきた皓月を見て、蒼龍は怒りを隠さず口を開いた。

「皓月……白蓮に何を言った？」

単刀直入に問うと、皓月が息を呑んだ。

「包み隠さず、すべてを話せ。少しでもごまかしたことが後でわかれば、たとえお前であろうとその場で斬る」

皓月は早くも観念したのか、昨夜白蓮に話した内容を正直に話し始める。

蒼龍が閨《ねや》に妃を呼ぶこと。そして白蓮を宮女にするつもりはないこと――

黙ったまま話を聞き終えた蒼龍は、拳をガンッと机に叩きつけ、唸るような声で呟いた。

「余計なことを……」

皓月に悪気はなかったとはいえ、タイミングが悪すぎる。当の皓月はビクビクしながらこちらの顔色を窺《うかが》っていた。

蒼龍は彼を睨むと、怒りの表情を湛《たた》えたまま、低く抑えた声で言う。

「一刻も早く連れ戻せ、皓月。白蓮に何かあれば、一族郎党の命はないものと思え」

＊　＊　＊

迷人華館は西華の都にある。そこへ向かう馬車の小窓から、白蓮はやっと明るくなってきた外の景色を眺めた。

(やっぱり、按摩《あんま》の報酬を換金しておいて良かった……)

深夜に女一人で移動するのはさすがに躊躇《ためら》われたので、城下町の宿屋に無理を言って一泊させてもらった。そして明け方のうちに、これまた無理を言って手配してもらった馬車に乗り込んだのだ。

若い女の身では足元を見られ、ぼったくられることが多いが、白蓮は宿代も馬車の代金もとことん値切った。

その上で手間をかけたお礼としていくらか金額に上乗せし、結局は向こうの言い値よりも多く払ったのである。だが、そのおかげで相手にナメられることはなく、互いに気分良く別れることができた。

(お金に余裕があるって大事よね)

昔から、父がよく言ったものだ。『安心と安全を得たいと思うなら、まず金を稼げ』と――

昨夜はショックを受けていただけでなく、慣れない場所に泊まったので、ほとんど眠れなかった。だが明け方のさわやかな冷たい空気を吸い、久しぶりに宮殿の外に出たという解放感のおかげで、頭はスッキリしている。

結局、後宮は自分には向かない場所だったのだ。

だが蒼龍の姿や、体温、香り、そして声――それらを思い出すと胸が苦しい。どうにもならない気持ちに押し潰されて、涙が出そうになる。

だから白蓮は宮殿を出てからというもの、それらを思い出さないようにしていた。

(私とは住む世界が違う人だって、最初からわかってたはずなのに……)

それでも好きだった。処女を捧《ささ》げた相手が蒼龍だったことを、後悔はしていない――

もう二度と会えないかもしれない。ただそのことだけが、ひどく辛くて悲しかった。

（さよなら……蒼龍さま）

馬車に揺られながらそっと目を閉じると、涙が一滴、白蓮の頬をつうっと伝っていった。

＊　＊　＊

白蓮の兄・丕承《ひしょう》は、いつもと同じく父母と共に朝食の席についていた。

すると、なぜか門前が急に騒がしくなり、護衛の一人が慌てて駆け込んでくる。

「お嬢さまが、お帰りになりました！」

まさかこんな早朝に帰ってくるとは思わず丕承も驚いたが、母・春華《しゅんか》の驚き方は異常だった。

「は⁉　お嬢さまって⁉」

素《す》っ頓狂《とんきょう》な声を上げた春華に、丕承は眉根を寄せて言う。

「……うちのお嬢っつったら、白蓮しかいないだろ」

普段無口で無愛想な父・虞淵《ぐえん》も、珍しく顔色を変えている。

「なんでだ……？　帰ってくるにしても早すぎるぞ？」

妹が家に帰ってきただけで、なぜ両親がこんなに驚くのか、丕承は不思議だった。

「まぁ、門番が帰ってきたって言うなら、そうなんだろう。俺、迎えに行ってくるわ」

「ああっ、ちょっと丕承！　白蓮がどんな様子か、ちゃんと見てきなさい。何か少しでも変だったら、すぐに報告するのよっ」

背後から丕承の服をがっしりと掴み念を押した春華に、丕承は「……ああ」と適当な返事をしてから食堂を出た。

（どう考えても、変なのは二人のほうだが……）

玄関へ向かうと、そこに白蓮が立っていた。やたら眠そうな顔をしてはいるが、「ただいま、兄さま～」と言っていつもと変わらぬ笑顔を見せた。

＊＊＊

「あんたもしつけぇなぁ……白蓮は会いたくないってよ」

晧月の目の前に立ち塞《ふさ》がる大男は、白蓮の兄・黄丕承である。

迷人華館の裏手にある黄家の屋敷。その門の前で、晧月は彼と対峙していた。

白蓮が宮殿を出た翌日の昼過ぎには、その所在が判明した。どこかに身を隠しているということもなく、西華の都にある実家に戻っているという。

だから、早速こうして晧月自ら迎えに来たのだが――

「皇上《こうじょう》の命《めい》なのです。一刻も早く連れ戻すようにと！」

「皇上だかなんだか知らねぇが、白蓮が嫌だっつってんだからさぁ」

先ほどから白蓮の身柄の引き渡しを要求しているが、丕承は一向に応じる気配がない。

(兄妹揃って、なんとやっかいな……)

皓月は舌打ちしたい気分で、脅しにも似た言葉を口にした。

「天下の皇帝陛下の命ですよ？　逆らえばどうなるか……」

「へぇ？　どうなるっての？」

丕承は片眉を上げ、不敵な笑みを浮かべる。

皓月も決して背が低いわけではないが、丕承が大きすぎるため、かなり上から見下ろされてしまっていた。

丕承は縦だけでなく横にも大きい。特に、見るからに硬そうな筋肉で覆《おお》われた腕は、皓月の腕の倍の太さがあった。

しかも丕承の背後には、噂に名高い黄家の専属護衛団とおぼしき集団がいて、少し離れたところからこちらの様子を窺《うかが》っている。

皆揃いも揃って丕承と似たような体格をしている上に、いかにも気性が荒そうな見てくれをしていた。

皓月は思わず怯み、ごくりと唾を呑み込む。

「と、とりあえず今日のところは引き揚げますが、出てこないのならしかるべき対処をさせていただきますと、白蓮殿にお伝えください」

そう言って踵《きびす》を返し、黄家の屋敷からさほど離れていない宿に向かって足早に歩き出した。

「ふん。しかるべき対処ねぇ？」

丕承は鼻で笑うと、周囲を慎重に窺う。そして、怪しい人影がないことを確認してから、重厚な門扉をしっかりと閉めた。

＊　＊　＊

「おいこら、白蓮！」

馬車に乗って悠々と家に帰ってきた妹は、大した事情も説明せず自室に籠《こも》り、日中から布団の中に潜り込んでいる。

「起きろっ！」

呼びかけても、ぴくりとも反応しない。丕承が布団を力任せに引っぺがすと、白蓮は丸くなって自分の身体を抱きしめ、ぶるっと身震いした。

「兄さま……？」

ようやく瞼《まぶた》を開けてこちらを見た白蓮は、眉根を寄せて不満そうにしている。

「こらっ、帰ってきたなら働け！」

「もうちょっと寝かせて……ゆうべ寝てないんだから……」

掛布を取り返そうと引っ張る白蓮を、丕承はそれごと持ち上げた。

「働かないやつの居場所は、うちにはない！　起きないなら外に放り出すぞ！　……さっきまで、皇上《こうじょう》の遣いとやらが来てたから、まだその辺にいるかもしれんがな」

それを聞いた白蓮は目をぱっちりと開け、すぐさま飛び起きる。

「働く……！」

「よし！」

丕承は満足げにうなずいた。


白蓮は施術着に着替え、丕承と共に店へと続く渡り廊下を歩く。

「お前はとりあえず、『秘技』を希望する客をひたすら捌《さば》け。娼妓《しょうぎ》の仕込みはこっちで対応する。護衛を二人ずつ交替で付けるから安心しろ」

「わかった」

久しぶりに迷人華館で働く白蓮は、医師や薬師《くすし》が着るような服を着て髪を結い、顔が半分ほど隠れる被り物をしている。

施術を受ける客が、白蓮の容姿に惹《ひ》かれて不埒《ふらち》な真似をしないよう、こうした格好をしていた。

だが、声を聞けば若い女だということはすぐにわかってしまうので、念のために施術中は護衛を付けてもらっているのだ。

それにしても、前からわかってはいたものの、人使いの荒い兄である。

（感傷に浸《ひた》るヒマも与えてくれないのね……別にいいけど）

不承と別れ、店の奥に向かって歩いていると、前から歩いてきた娼妓たちが嬉しそうに声をかけてきた。

「あら、いつ帰ってきたの？　今日の仕込みは白蓮ちゃんがやってくれるの？」

「あー！　ほんとだ！　どこに行ってたのよ～」

なじみの面々に会い、白蓮はほっとして笑みを浮かべる。だが被り物をしているせいで、相手にはわからなかったかもしれない。

「仕事で出張してました。それと、今日の仕込みは父さんと兄さんですよ」

そう言うと、娼妓たちは不満げに頬を膨らませ、声を揃えた。

「「やだーーっ！　白蓮ちゃんがいいーー！」」

白蓮は嬉しくて顔を綻《ほころ》ばせる。

「『秘技』の客が捌けたら、仕込みにも行けると思います」

「え～！　それだといつになるか……」

「そうよ～！　白蓮ちゃんがいない間に、ものすごい予約が溜まってるんだもの～」

「そうなんですか？」

白蓮は目を丸くしつつも、納得した。

（兄さまが叩き起こしにきた訳がわかったわ……）

「とにかく、早めに終わるよう頑張ります」

白蓮がそう答えると、娼妓《しょうぎ》たちは「早くこっちに来てね～」と言って、手を振りながら去って行った。

一般的な娼館では、娼妓の入れ替わりは早い。だが迷人華館の娼妓たちは、長く勤める者が多かった。

経営者である父の虞淵は、娼妓を丁寧に仕込んで待遇にも気を遣う。そのため、ここで働きたいと希望する娼妓も多いと聞く。

そして娼妓たちは、白蓮をまるで妹のように可愛がってくれていた。それは白蓮の仕込みを気に入っているせいでもあるだろうが、何よりも父が娼妓たちを常に大切にしているからだと、白蓮は思っている。

「さて、とっとと働くか！」

白蓮は気合を入れ直すと、店の奥にある『秘技』を行うための部屋へと歩き出した。

＊　＊　＊

「黄白蓮に会えないのでは、どうしようもない……」

白蓮を説得するための拠点として借りた宿の一室で、晧月は深いため息を吐《つ》いた。

彼女の居場所が早々に判明したとき、蒼龍はほっとした様子で「ひとまず身の安全は心配ないな」と呟いた。

瑠璃殿の裏庭に白蓮のものらしき足跡を見つけたと、捜索隊から報告を受けた蒼龍は、晧月を連れてそこへ赴《おもむ》いた。

白蓮が立っていたと思われる場所からは、青瓷殿に続く渡殿《わたどの》が見通せる。蒼龍はそこに立ち、渡殿を見つめながらこう言った。

『劉貴妃には、何もしていない。だが……辛い思いをさせてすまなかったと、白蓮に伝えてくれ』

晧月は目を見開き、蒼龍に問いかけた。

『皇上《こうじょう》は、黄白蓮を……どうなさるおつもりなのですか？』

蒼龍はゆっくり振り返ると、自嘲するような笑みを浮かべる。そして、すぐに真剣な眼差しをして言った。

『白蓮以外の女に、俺の子を産ませるつもりはない。白蓮が後宮へ戻らなければ……後宮は俺の代で廃止する』

晧月は叫んだ。

『何をっ……何を考えているのですか！　後宮がなければ、貴族たちを纏《まと》めることができませんよ！』

それに対して蒼龍は不機嫌そうに眉根を寄せ、こう答えた。

『俺が後宮に通わずとも、政情は安定している。このままいけるだろう』

皓月は首を横に振り、切々と訴える。

『いつかは通ってくださると期待しているからこそ、貴族たちはおとなしくしているだけです。後宮を廃止するなどと言ったら、下手をすれば帝位から引きずり下ろされることになりますよ？』

すると蒼龍は意外にも、微笑んでみせた。

『それならそれでいいさ。そうなれば、誰にも咎《とが》められることなく白蓮と添い遂げられる。それに、元々無駄が多すぎると思っていたのだ。妃は五百人もいらん。白蓮が戻るまでの間に、できることからやっていこう』

『は？　何をですか？』

怪訝《けげん》な顔をする皓月をよそに、蒼龍は妃たちのいる宮殿のほうを見て言った。

『解散するんだ。まずは桂花殿をな』

(皇上《こうじょう》は、本気で後宮を廃止するつもりなのだろうか……？)

宿屋の寝台の上に寝転がり、皓月は天井を見つめる。

桂花殿を解散すると言っていた蒼龍は、皓月が西華の都に発った直後、貴族たちに向けてその触れを出した。

数百人もの下級妃嬪《ひひん》が暮らす桂花殿には、確かに尋常でない規模の予算が割り当てられている。

まして蒼龍はそこにいる妃たちに一度も手を付けていないのだから、『無駄が多すぎる』と言うのはその通りだと晧月にも思えた。

だが――

（問題は茉莉殿だ……）

白蓮が後宮に戻らなければ、茉莉殿も含め後宮のすべてを廃止すると、蒼龍は言った。

これはおそらく、晧月に対する脅しでもある。後宮を廃止されて困るのなら、必ず白蓮を連れ戻せという意味なのだろう。

後宮における妃の地位は、その妃を擁する一族の権力に大きく影響する。つまり妃たちを閨《ねや》に召す回数を調整することで、貴族たちの権力を自在に操作できるのだ。

もし権力を与えたい貴族がいれば、その一族が擁する妃を閨に召せばいい。それだけで、放っておいても人や金がその貴族のもとに集まり出す。

歴代の皇帝に重用《ちょうよう》された貴族たちも、やはり後宮に一族の娘を上げており、その妃たちは後宮内で相応の位を与えられている。

茉莉殿を廃止するということは、そうしたこれまでの慣習を廃止することと同じである。それだけでなく、娘を後宮に上げた有力貴族たちを蔑《ないがし》ろにしていると取られても、仕方がなかった。

蒼龍が即位して三年――

下級妃嬪についてはただの一人も閨へ召されていないので、蒼龍には彼女たちに手を付けるつもりがなさそうだと、すでに貴族たちにも思われている。よって桂花殿を解散することは、多少の反発はあったとしても、じきに受け入れられるだろう。

だが、茉莉殿は難しい。

貴妃が五人と、宮嬪が一人。実際に手を付けてはいないといえども、それは当事者たちしか知らないことであり、公《おおやけ》には、彼女たちには皇上《こうじょう》のお手が付いたものと思われている。

そして先日、劉貴妃に二度目のお召しがかかり、宮中には「ようやく皇上がその気になった」という期待と安堵の空気が広がっている。

（そんなときに、茉莉殿を解散するなどと言ったら……）

晧月は思わず身震いした。

蒼龍の威信に傷がつき、今後あらゆる物事がやりにくくなることは、目に見えている。いくら龍華幻国の皇帝が専制君主であろうと、政治は一人で行えるものではない。

かといって黄白蓮を後宮へ連れ戻せば、それはそれで大きな混乱をもたらすだろう。

（本当は、皇上が黄白蓮を諦めてくれるのが一番いいのだ――）

そのために何ができるかを、晧月は真剣に考え始めた。

＊　＊　＊

一日の中で黄家の人間が揃うのは、朝食の席のみである。

白蓮の両親も兄も、毎日店の仕事で忙しいからだ。当然、白蓮も技を修得して以来、ずっと忙しく働いている。

『秘技』が得意な白蓮は、それを主に担当していた。

父の虞淵は『仕込み技』を白蓮と交替で担当しつつ、経営者として店全体を切り盛りしている。

兄の丕承はいずれ父の跡を継ぐべく、虞淵について回り、同じように店全体を見ていた。

そして母の春華の仕事は店頭で客を捌《さば》き、娼妓《しょうぎ》たちの面倒を見ることだ。

今日も朝食の席にはすでに父母と兄がついていて、最後にやってきた白蓮が座ると、すぐに丕承が口を開いた。

「ここ二日ほど、皇帝のお遣いを見かけないぞ。諦めたんじゃないか？」

白蓮は目をぱちくりとさせて、横に座る丕承を見た。だが、すぐに前に向き直り、「ふーん」と興味なさそうに答える。

これまでの丕承の話から、皇帝の遣いというのが皓月だとわかっていた。

彼は連日、自ら交渉に来ていたようだが……

（本当に諦めたのかしら？）

「これでやっと静かになって、いいと思うけど」

なぜかモヤモヤする気持ちを無視して、白蓮は呟いた。

すると、両親と丕承は揃って眉根を寄せ、渋い表情を浮かべる。

だが白蓮はうつむきがちに一点を見つめたまま、朝食を口に運ぶ手だけをひたすら動かしていたので、そんな家族の様子には気付かなかった。

「そういえば……」

虞淵が何かを思い出したように口を開く。

「陛下が、後宮にあるほとんどの建物を閉鎖するらしい」

「え……？」

（後宮の建物を閉鎖？）

白蓮は目を丸くして虞淵の顔を見た。

虞淵はいつもの落ち着いた表情でうなずくと、隣に座る春華に茶を入れるように頼んだ。

固まったまま、じっと虞淵の顔を見つめていた白蓮に、横から丕承が話しかける。

「桂花殿を解散するんだとさ。茉莉殿はそのままみたいだが、それでも後宮の規模はかなり小さくなるな」

その言葉に、虞淵がうなずいた。

「国費の無駄が減るのは、国民にとっても望ましいことだ」

春華は使用人から茶道具を受け取ると、沸かした湯を茶器に注ぎ始めた。

「これで税金が減ってくれれば、もっとありがたいんだけどねぇ」

白蓮とよく似た美貌に皮肉っぽい笑みを浮かべながら、春華は娘の顔を意味ありげに見る。

だが白蓮は黙ったまま、誰とも目を合わせずに再び下を向いた。

(私には、もう関係のない話だわ……)

春華と丕承はそんな白蓮を見て軽くため息を吐《つ》くと、何かを促すように虞淵を見る。だが、虞淵は無言で首を横に振ってみせた。


白蓮はいつものように施術着に着替え、店の奥にある『秘技』を行うための部屋に入った。

予約分の客は、白蓮が戻ってから数日でだいぶ捌《さば》け、ようやく娼妓《しょうぎ》の仕込みにも手が回るようになってきている。

今日の一人目の客が、娼妓に案内されて部屋に入ってきた。その客を振り返った白蓮は、驚愕に目を見開く。

「晧月さま!?」

晧月は身分を隠すためか、洒落《しゃれ》た着物を遊び人風に着崩していた。だが、あまりの違和感に、白蓮は思わず顔をしかめる。

中性的でたおやかな容貌をしている晧月には、致命的なほど似合わない格好だ。何より、生来の生真面目さが滲《にじ》み出てしまっている。

「なんなの、そのお粗末な変装……」

ついそう漏らした白蓮に、晧月も不満げに顔をしかめた。

「一体、何をしているんですか？　あなたは……」

「何って、仕事です。晧月さまこそ、なんでこんなところに？」

すると彼を案内してきた娼妓《しょうぎ》が、白蓮に心配そうに尋ねた。

「白蓮ちゃん、知り合い？」

白蓮はハッとして娼妓を見る。そして彼女を安心させるためにうなずくと、「この人は大丈夫だから、話が終わるまで休んでていいですよ」と言って下がらせた。

二人だけになって、白蓮と晧月は互いにため息を吐《つ》いた。

その後、晧月が首を横に振る。

「『秘技』の予約を伝手を使って、無理やり譲ってもらったのですが……料金を聞いて驚きました。いくら私でも、そう何回も来ることはできません。時間が惜しいので、単刀直入に言いましょう」

「……何？」

白蓮は警戒心を露《あら》わにして身構えた。

「まずは、皇上《こうじょう》からあなたに伝えるよう言われた言葉をお伝えします。『劉貴妃には何もしていない。だが、辛い思いをさせてすまなかった』と」

その言葉に、白蓮は全身が震えるほどの衝撃を受けた。

（何もしていない……？）

皓月は、目を見開いたまま動かない白蓮を見て、再びため息を吐く。

「皇上は、私にこう言いました。あなたが後宮に戻らないのなら、自分の代で後宮を廃止すると――」

白蓮は驚いて、皓月の顔をまじまじと見つめた。

「後宮を廃止することの意味が……あなたにわかりますか？」

「……どういうことなの？」

白蓮がおそるおそる問いかけると、皓月は彼女に不満をぶつけるように強い口調で答えた。

「後宮という場所は、皇帝が貴族たちを思う通りに動かすための、重要な制御装置でもあるのです。それを廃止するなど、政治の主導権を放棄するに等しい！　たかが平民の娘一人のために、こんなことは普通では考えられません」

（私が後宮に戻らなかったら、蒼龍さまの立場が危うくなってしまう……？）

「……じゃあ、私が戻りさえすれば、皇上は……」

顔に戸惑いの色を浮かべて呟いた白蓮に、皓月はキッパリと言う。

「いいえ。戻る必要はありません」

「え……？」

白蓮は大きな目を、さらに大きく見開いた。

すると皓月は目を細め、白蓮を冷たく見下ろす。

「あなたを後宮に戻しても、ますます混乱を招くだけです。私は今日、あなたを戻すために来たわけではありません」

「じゃあ……何をしに？」

白蓮が問うと、皓月は口元にうっすら笑みを浮かべてみせた。

そして素早く距離を詰め、白蓮の目の前まで迫る。

あっという間に腕を取られた白蓮は、意外なほど軽々と抱き上げられた。ぐらっと視界が傾いたかと思うと、施術台の上に押し倒される。

「あなたはとても美しい……。初めてお会いしたときから、そう思っていましたよ」

皓月の目には、加虐的《かぎゃくてき》な欲望が浮かんでいる。相手を見下し、力で支配しようとする目だった。

白蓮は腕を押さえつけられ、頭に被っていた布を取り上げられた。

「皓月さま……一体何を考えているの？」

皓月を睨みつけながらも、白蓮はほとんど抵抗せず、されるがままになっている。

「黄白蓮、皇上《こうじょう》はこう言いました。『あなたが戻らなければ、後宮を廃止する』と。つまり裏を返せば、あなたが戻れば後宮は存続できるのです。しかし後宮に戻ったところで、あなたは所詮平民……。これがどういう意味か、わかるでしょう？」

（後宮は存続するけれど、私は……）

皓月の言葉が、幾度も頭の中に響いた。

（蒼龍さまには、私を宮女にするつもりがない……）

唇を強く噛みしめた白蓮を見て、晧月は満足そうに微笑む。

「あなたが後宮に戻り、たとえ子を産んだとしても、貴族たちはその子を皇子とは認めないでしょう。きっとその子は処分され、初めからいなかったことになる」

その言葉に、白蓮は息を呑んだ。

（子が生まれても、殺されてしまう？）

晧月は口元に微笑みを浮かべたまま、どこか不穏な気配を漂《ただよ》わせる。

「諦めなさい、黄白蓮。あなたと皇上では身分が違いすぎる。あなたが後宮で見たのは、ほんの一時の夢だったのです。それよりも……」

晧月の顔が近づいてきて、その唇が白蓮の首すじをわずかに掠《かす》めた。白蓮は反射的に、びくっと身体を震わせる。

「あなたがすでに処女でないのなら……ご両親が望んでいるであろう、良家との縁談も難しいでしょう。それなら、私が面倒を見て差し上げます」

「……どういう意味？」

白蓮は組み敷かれた状態で、晧月の目をまっすぐ見つめる。そこに浮かぶ欲望の色は、ますます濃くなっていた。

「私は貴族ですし、それなりの身分もあります。たとえ側室でも、平民であるあなたには願ってもない良縁なのでは？　それにあなたが心変わりをして私のところへ嫁ぐと言えば、皇上《こうじょう》もきっと目を覚ますことでしょう」

皓月の手が、白蓮の頬を撫でた。白蓮の背中に、じっとりと嫌な汗が湧く。

白蓮は空《あ》いている手を皓月のほうへ伸ばすと、指先で彼の首すじと鎖骨のあたりをゆっくりと押した。

「え……？」

皓月が、突然動かなくなった。いや、正確に言えば『動けなくなった』のだ。

白蓮は組み敷かれた体勢のまま、皓月の身体にそっと指先を滑らせる。

そして体側《たいそく》と腿《もも》の付け根、さらに脇の下と二の腕にあるツボに狙いを定めて、指先を強く押し込んだ。

「う……くっ、はっ……！」

皓月の額《ひたい》から、脂汗《あぶらあせ》が噴き出した。彼は目を剝《む》き、何が起きたのか理解できないといった様子で視線を彷徨《さまよ》わせる。

白蓮は四つん這《ば》いの格好で固まっている彼の下から抜け出し、施術台から下りた。結っていた髪を解《ほど》き、大きくため息を吐《つ》く。

「皓月さまが、こんなに馬鹿な方だとは思わなかったわ」

「お……黄白蓮っ……」

皓月が目だけを懸命に動かして白蓮を見ると、白蓮は人から妖艶《ようえん》だと言われる微笑みを浮かべて彼を見返した。

「たとえ私が蒼龍さまのことを諦めたとしても、あなたのものになったりしない。私は蒼龍さまだからこそ、この身を捧《ささ》げたの。彼が皇帝だったからじゃないわ」

体幹の筋肉が硬直し、呼吸もままならないであろう皓月は、苦しげに呻《うめ》き全身に汗をかきながらも、途切れ途切れに言葉を紡《つむ》いだ。

「何……を、私に何……をした、んです……？」

「神経に繋がるツボを押して、あなたを動けなくしたの。私は按摩《あんま》師よ、娼妓《しょうぎ》とは違う。その違いを……これからじっくり教えてあげるわ」

＊　＊　＊

つい先ほどまで施術室に響いていた喘《あえ》ぎ声はやみ、室内は今、静寂に包まれている。

皓月は全身に広がる快感の名残《なごり》と、酔っているときのような浮遊感に支配されたまま、動けずにいた。

着ていた衣服はすべて床に落ち、彼は全裸で施術台の上に横たわっている。

先ほどまで白蓮に施《ほどこ》されていた『秘技』は、皓月の精神と身体を完全に変えてしまうほどの衝撃をもたらした。

「白蓮……さま……」

焦点の定まらない目からは涙が流れ、口の端からは涎《よだれ》が零《こぼ》れ落ちそうになっている。

呆けた顔で自分を見ている皓月を、白蓮は冷たく凍りついた瞳で見下ろし、指をパチンと鳴らした。

すると吊り下がっている帷《とばり》の向こうから、大きな身体をした男性がのっそりと姿を現す。

彼は白蓮を横目でチラッと見た後、施術台に倒れたままの皓月に向かって呼びかけた。

「秋皓月さま……ですな？」

皓月は男性に視線を向け、怪訝《けげん》な表情を浮かべた。だが、すぐに彼が誰かを思い出して青ざめ、よろめきながら飛び起きる。

「黄虞淵……」

白蓮を後宮に召し上げるため、何度も交渉を繰り返した相手——白蓮の父親だった。

今自分が全裸であることを自覚しただけでなく、『秘技』を施《ほどこ》されていた間中、虞淵が部屋の隅《すみ》に控えていたことを知り、皓月は羞恥《しゅうち》のあまり身を縮こまらせた。

虞淵は穏やかな口調で言う。

「うちの娘は、こう見えてじゃじゃ馬でしてね……」

皓月が白蓮を組み敷いても虞淵が助けなかったのは、こういう結果になるとわかっていたからであろう。

長男の不承とよく似た大きな身体。その上にある無表情な顔が、皓月のほうへまっすぐに向けられていた。

「だが、陛下はそれをいたくお気に召されたようだ。『くれぐれも白蓮を頼む』という連絡をいただきました」

「「は……？」」

その言葉には、皓月だけでなく、白蓮も目を丸くした。

「父さま……？　どういうこと？」

虞淵は皓月と白蓮の顔を交互に見て、軽くため息を吐《つ》くと、まずは皓月のほうを向いて言った。

「秋皓月さま。今日、この場で白蓮になさろうとしたことを、私がそのまま陛下にご報告すればば……どのようなことになるか、おわかりでしょうな？」

皓月は目を見開き、口を開けたまま虞淵の言葉を反芻《はんすう》する。そして充分な間を置いてから、コクリとうなずいた。

「では後ほどゆっくりと、これからのことをご相談させてください」

その虞淵の言葉に、皓月はがっくりと肩を落とした。

「それから、白蓮」

虞淵は今度は白蓮のほうを向き、眉間《みけん》にシワを寄せて咎《とが》めるような口調で言う。

「陛下からのお言葉を聞いただろう？　お前はまだお役目を解かれたわけではない。後宮へ戻りなさい」

白蓮は驚愕の表情で、勢いよく首を横に振った。

「でも……でも、父さま……！」

納得がいかない様子の白蓮に、虞淵は落ち着いた声音で説く。

「陛下ときちんと話をしてきなさい。それでもここへ帰りたいと思ったなら、いつでも戻ってきていい」

それには返す言葉がなく、白蓮は下を向き、気持ちを落ち着けるためか何度も深呼吸した。

虞淵は床に落ちていた衣服を晧月に渡すと、彼がそれを着るのを見届けてから言う。

「本日のお代を精算させていただいた後、私の部屋でお話ししましょう」

「……はい」

晧月は何か言いたげな視線を白蓮に投げかけながらも、黙って虞淵に従い、二人揃って部屋を出た。

一人残された白蓮は、晧月から聞いた話を思い出していた。

蒼龍は、劉貴妃には何もしていない。そして白蓮が戻らなければ、後宮を廃止する――晧月はそう言っていた。

(私が戻れば、後宮は残る……でも、それじゃ私は……？)

あの約束を、蒼龍は守ってくれるのだろうか？

たとえそうだとしても、どうやって——？

蒼龍の気持ちにも自分にも自信が持てない白蓮は、小さく首を横に振る。

（このまま後宮に戻ることはできない）

白蓮は小さく肩を窄《すぼ》めたまま、いつまでもその場に立ち尽くしていた。


あれから数日が経った。後宮に戻ろうとする素振りもなく、店に出て淡々と働く白蓮に、虞淵は何も言わない。

晧月の来訪もパタリとやんでいた。

だが白蓮は、ふとしたときにため息を吐《つ》いてしまう。

そんな彼女を見て、母の春華が言った。

「白蓮、ちょっと来なさい」

朝食を終えて仕事に向かおうとしていた白蓮は、春華に首根っこをつかまれ、目を丸くする。

「え……？　でも仕事が……」

「いいから！　不承！　『秘技』の客はあんたが対応しなさい」

急に話を振られた不承も目を丸くした。

「お、おう……？」

春華が白蓮を連れてやってきたのは、迷人華館にある仕込み部屋のうちの一つだった。入店したばかりの見習い娼妓《しょうぎ》に性技を教えるための部屋である。

「母さま……なんでここに？」

怪訝《けげん》な表情をする白蓮を振り返ると、春華は妖艶《ようえん》な笑みを浮かべた。その美貌は、年齢を重ねてもほとんど衰《おとろ》えていない。

「白蓮。あなた、なんで後宮に戻らないの？」

「え？」

春華は施術用の寝台に座り、長い足を組んで、向かいに立っている白蓮を見つめた。

白蓮は母親似で、その美貌だけでなく気の強さも、春華から受け継いだものだろうと言われている。

「陛下は、別に浮気したわけじゃなかったんでしょ？　なら他の女に取られる前に、とっとと戻ったほうがいいんじゃないの？」

「浮気って……」

春華の言葉に、白蓮は面食らった。

「逆よ、母さま。本来はお妃さまを召すべきなの。浮気と言うなら、それはむしろ私のほうで……」

言葉を最後まで続けられず下を向いた白蓮に、春華はわざとらしいため息を吐《つ》いた。

「ああやだ。本当に私の娘なのかしら。情けないったらありゃしない……」

白蓮が顔を上げると、春華は大輪の花のような笑顔を見せた。

「自分が平民だなんてことは、最初からわかってたじゃないの。でも好きでたまらなくて、どうしても彼が欲しいと思ったんでしょう？　なら、自分から全力で取りにいきなさいよ」

「へ……？」

呆けた顔をしている白蓮を見て、春華は意味深な笑みを浮かべる。

「陛下とやっちゃったんでしょ？　あなたも晴れて処女じゃなくなったことだし、黄家の女だけに伝わる技を教えてあげる」

図星を指されて顔を赤くしながらも、白蓮は聞き返す。

「女だけに伝わる……技？」

「そうよ。黄家の女にしかできない秘密の技。あなたの父さまも夢中にさせた技なのよ。……知りたくない？」

白蓮は息を呑んだ。

父の虞淵は寡黙《かもく》で落ち着いており、滅多なことでは激昂しない。だが、春華に関することだけは別だった。

客が春華にちょっかいをかけようものなら、すぐに相手を睨みつけ、今にも殴りかからんばかりに向かっていく。

大きな身体をしており力も強いので、不承や護衛団の面々がそれを止めるのに苦労している場面を見かけたのは、一度や二度ではない。

白蓮が興味を示したのを見て、春華は嬉しそうに笑う。そして彼女を施術用の寝台のほうへと手招きした。

それからしばらくの間、二人がその部屋から出てくることはなかった。


仕込み部屋を出た白蓮は、そのまま仕事に向かった。

『秘技』の客は不承が担当していたため、白蓮は娼妓《しょうぎ》の仕込みのほうに回ることにする。仕込み部屋へ行くと、そこで待っていた娼妓たちが歓迎してくれた。

娼妓たちは仕込みの順番を待つ間、いつもおしゃべりに花を咲かせている。

白蓮が『仕込み技』を施《ほどこ》しながら、無意識に何度目かのため息を吐《つ》いたとき、娼妓たちが心配そうに声をかけてきた。

「白蓮ちゃん、帰ってきてからずっと元気ないわねぇ」

「ほんと、どうしたの？」

「もしかして恋の悩み～？　出張に行ってる間に、何かあった？」

白蓮は冷や汗をかき、焦って首を横に振る。だが、その表情や態度を見た娼妓たちは色めきたった。

「やっぱりそうなのね！　やだ、白蓮ちゃんが惚れちゃうなんて、どんな人なのぉ？」

「『秘技』を施すための出張だったんだから、相手は相当なお金持ちなんでしょ？」

「貴族とか？　なになに、もしかして身分違いの恋ってやつ⁉」

（どうしてなんにも言ってないのに、次々とバレてくの……？）

白蓮が顔を赤くしてうつむくと、娼妓たちは勝手にあれこれと話し始めた。

「あんたが身分違いの相手を好きになったらどうする？」

「え、あたし？　そりゃあ自慢の性技で、相手をメロメロにするしかないじゃない」

「そうだよね～、貴族なら本妻どころか側室もいっぱいいるんだろうしさ……勝とうと思ったら、それしかないよね」

「えっ……？」

驚いて顔を上げた白蓮に、娼妓たちは揃って注目した。

「何？　どうしたの白蓮ちゃん」

そう聞かれて、白蓮は戸惑いがちに問いかける。

「他にもたくさん女の人がいるのって、嫌じゃないですか？」

すると娼妓たちは目を丸くした。

「嫌に決まってるじゃな～い」

「だから戦うんでしょ！」

「たとえ今はライバルがいないとしても、飽きたらすぐ浮気するのよ、男って。だから飽きさせないようにすることが大事なわけよ」

茫然としている白蓮を見て、娼妓《しょうぎ》たちは顔を見合わせる。

「でもさ、性技なら白蓮ちゃんに敵《かな》う女はいないんじゃないの？」

「しかもこんな美人で若くて実家もお金持ちで……無敵だよね」

「何その男、そんな白蓮ちゃんに不満でもあんの？」

皆から一斉に見つめられた白蓮は、慌てて首を横に振った。

「いえ、ただ……他にもたくさん女の人がいるので、その……」

その言葉を聞いて、年長の娼妓が白蓮に尋ねる。

「相手はなんて言ってるの？」

白蓮は顔を真っ赤にし、視線を彷徨《さまよ》わせながら答えた。

「私だけに……くれるって。心も、身体も……」

娼妓たちは、またもや目を丸くする。

「ええーっ!?」

「すごいじゃん！　さすが白蓮ちゃん！」

「え、なんで？　じゃあ一体何を悩んでんの？」

白蓮は苦笑いを浮かべて下を向いた。

（すごくなんかない。五百人もお妃さまがいるのに、私は宮女にすらなれない……）

すると、年長の娼妓がこう言った。

「相手を信じるってことも、戦い方の一つなのよ」

「え……？」

思わず顔を上げた白蓮に、その娼妓はにっこりと微笑んでみせる。

「白蓮ちゃんだって、相手が自分の言うことを信じてくれずに疑われてばかりだったら、嫌じゃない？　嫉妬深い女は男に嫌われるよ」

他の娼妓たちも、揃ってうんうんとうなずいた。

「余裕は大事だよ」

「そりゃたまには嫉妬することだってあるけど……そんなときは、逆に向こうに嫉妬させてやるくらいじゃなきゃ」

「あと笑顔ね。男って、機嫌が悪い女とか暗くてジメジメした女を嫌がるから」

早口で次々とまくし立てる娼妓たち。

だが、それらの言葉は白蓮の心にすんなりと染み入った。

(相手を信じる……そして、いつも笑顔でいること……)

「それでも浮気されたら、ガツンとしめてやりなよ」

「そうそう。自分もやり返しちゃったりして！」

「やだ、あんた。それが原因で捨てられちゃったら困るじゃないの～」

娼妓《しょうぎ》たちの笑い声がどっと響いたところで、入り口の扉をバンっと音を立てて開き、虞淵が入ってきた。

「白蓮……仕込みはまだか？　客が待ってるぞ」

「ああっ！　ご、ごめんなさい！」

白蓮は飛び上がって謝り、慌てて施術の続きに取りかかる。

虞淵はふぅっとため息を吐《つ》くと、隣の部屋へ向かい、娼妓の仕込みを白蓮と交代するための支度を始めた。

その間、虞淵は白蓮の様子をずっと窺《うかが》っていたが、白蓮がため息を吐くことはもうなかった。


仕事に一区切りついた白蓮は、休憩のため自分の部屋へ戻ることにした。その途中、迷人華館と屋敷を繋ぐ回廊を通っていたら、誰かが騒ぐ声が聞こえてきた。

その声は、屋敷の門のほうから聞こえる。

不思議に思った白蓮は、回廊から出て庭を突っ切り、門のほうへ向かう。すると、馬に乗ったまま門から入ってきた人物が、護衛に何かを訴えているのが見えた。

その人物は、ごく普通の貴族が着るような格好をしている。だが、切れ長の目は鋭く光り、瞳は髪と同じ漆黒だった。

驚いて、白蓮は足を止める。それとほぼ同時に、馬上の人物もこちらに気付き、目を見開いた。

「白蓮！」

白蓮の耳に、低くてよく通るなつかしい声が届いた――

第五章　実食

「白蓮！」

馬から下りた蒼龍は、手綱《たづな》を護衛に渡してこちらを振り返り、もう一度名を呼んだ。そのまま全力で駆けてきた彼が、白蓮のすぐ目の前に立つ。

強い光を帯びた漆黒の瞳が、白蓮だけを見つめている。

「蒼龍さま……」

震える声で名を呼び返すと、蒼龍は一瞬たまらないといった表情を浮かべ、白蓮の身体を強く抱きしめた。

その逞《たくま》しい腕に抱かれ、蒼龍の体温となつかしい香りに包まれた白蓮は、抑えていた感情が一気に溢れ出すのを感じた。

（会いたかった……会いたくて、触れたくて、たまらなかった――！）

「すまなかった白蓮！　お前がいなくなった後、なぜきちんと説明をしておかなかったのかと、どれほど悔やんだことか……」

久々に耳元で響く、蒼龍の低くて熱の籠《こも》った声に、白蓮はその身を震わせる。

「蒼龍さま……蒼龍さ、ま……」

蒼龍の背中に手を回して自分からぎゅっと強く抱きつくと、さらに強く抱きしめられる。

少々苦しいが、自分が蒼龍の腕の中にいることを強く実感できて、白蓮は嬉しかった。

だが蒼龍がその顔を上向かせ、唇を寄せようとしたとき、白蓮は思わず顔を背《そむ》けた。

「あ……」

蒼龍はもちろん、白蓮もまた、自分のしたことに驚き目を見開く。

蒼龍に会えて泣きたいほど嬉しいし、本当は今すぐにでも素肌を触れ合わせ、どこまでも深く繋がってしまいたかった。

でも――

（もう……あんな思いは……）

青瓷殿の渡殿《わたどの》を進む劉貴妃の姿が、脳裏に焼き付いて離れない。たとえその後、何もなかったのだとしても、あのとき感じた痛みを忘れることはできない。

それに、晧月から言われたあの言葉――

蒼龍と再び触れ合ってしまえば、きっともう二度と離れられなくなる。この先どんなに胸が痛くても、死にそうなほど苦しい思いをしても、傍《そば》を離れることはできないだろう。

（そんなのはツラすぎる――）

涙を浮かべた白蓮を、蒼龍はもう一度強く抱きしめ、耳元で優しく囁《ささや》いた。

「わかっている、白蓮。今度こそすべて話す。お前が納得できるまで、ちゃんと」

「蒼龍さま……」

必死で自分を繋ぎ止めようとする蒼龍の姿に、白蓮はほんの少しの戸惑いと、溢れそうなくらいの喜びを感じた。

(でも、納得……できるの?)

気持ちが大きく揺れる。

そんな白蓮に、蒼龍は力強く前を見据えて言った。

「行こう。後宮に戻る前に、お前を連れていかねばならない場所がある」

「え……?」

肩を抱かれて門のほうへ歩かされ、白蓮は慌てる。

「ちょ、蒼龍さま! あの、家族に言っておかないと……」

「大丈夫だ。お前の両親には話を通してある。詳しくは行きがけに説明する」

「ええっ!?」

強引に手を引かれて、蒼龍が乗ってきた馬に一緒に乗せられる。護衛に簡単な言付けを頼むと、蒼龍は早々に出発した。

馬に乗り慣れていない白蓮は、振り落とされないようバランスを取るのに必死だった。

彼女を背後から抱きかかえつつ手綱《たづな》を握る蒼龍は、馬が跳ねるたびに「わっ」とか「ひゃっ」とか声を上げる白蓮を、面白そうに見つめている。

「馬に乗るのは初めてか？」

「はいっ……初めてです、わっ、あぶなっ……」

「ちゃんと落ちないように支えているから、安心しろ」

「でも、こんなに不安定だとは……ひゃあっ」

言った傍《そば》からずるっと滑り、馬の背から落ちそうになった白蓮を、蒼龍はしっかりと抱き留めた。

二人を乗せた馬は繁華街を抜けて、貴族たちの屋敷が並ぶ地域を進んでいく。

「もう少しで着く。今向かっているのは李一族の屋敷だ」

「李一族……？」

蒼龍の腕にしがみついてバランスを取りつつ、白蓮は聞き返した。

「一族の長の名は、李汀洲。礼部侍郎《れいぶじろう》という役職に就いている官人だ。ほら、屋敷が見えてきたぞ」

「え、え？」

(なぜ、その礼部なんとかいう貴族のところに……？)

白蓮が混乱しながら顔を上げると、蒼龍は馬の速度を上げ、貴族にしては地味な屋敷の前で停まった。

すぐに迎えの者たちが出てきて一斉に跪《ひざまず》き、頭の前で手を合わせる。

蒼龍は先に馬から下り、馬番に手綱《たづな》を預けてから、白蓮に向かって腕を伸ばした。

「来い、白蓮」

もう何日も聞いていなかった蒼龍の声は、ここに来てもまだ白蓮の耳に特別な音色をもって響く。

白蓮は彼の手を取って馬から下りた。それと同時に、蒼龍は彼女の身体を縦抱きにし、そのまま屋敷の中に入っていく。

驚いた白蓮は身じろぎしながら、蒼龍に訴えた。

「蒼龍さま……あの、一人で歩けますっ」

すると蒼龍は足を止め、白蓮の顔を見つめて微笑む。

「だめだ。馬に乗っている間は、お前の顔が見られなかったからな」

白蓮は馬から落ちるのが怖くて、馬上ではずっと前を向いたまま、振り返ることもできなかった。

すぐ目の前にある蒼龍の男らしい眉や通った鼻筋、そして熱の籠《こも》った切れ長の目を、白蓮はじっと見つめ返す。

「蒼龍さま……」

白蓮が蒼龍の漆黒の瞳に吸い込まれそうになっていたそのとき、前方からこほんと控えめな咳払いが聞こえた。

二人がハッとして振り返ると、そこには人の好さそうな年配の男性が一人、立っている。

豪奢《ごうしゃ》な刺繍《ししゅう》が施《ほどこ》された品の良い袍《ほう》を身につけており、迎えに出た人々の中心にいるので、この屋敷の主《あるじ》であることが白蓮にも一目でわかった。

「遅くなったな、李汀洲」

「お待ち申し上げておりました、皇上《こうじょう》」

蒼龍はそこでやっと白蓮を下に下ろした。そのまま腰に腕を回して抱き寄せ、額《ひたい》に軽く口づける。

その様子を見て、李汀洲もその周りにいる者たちも、驚きに目を丸くした。

「これが白蓮だ。どうだ、美しいだろう？」

蒼龍の言葉に、今度は白蓮が目を見開き、その顔を真っ赤に染める。

李汀洲はにこやかに微笑みながらうなずくと、白蓮に優しい眼差しを向けた。

「お噂以上ですな。それに皇上のご寵愛《ちょうあい》も深いようで……」

「白蓮」

蒼龍はすっと手を伸ばし、李汀洲のほうを示した。

「礼部侍郎《れいぶじろう》の李汀洲だ。お前は今日からこの者の養女となって、後宮に上がる。——貴妃としてな」

「……え？」

（今、なんて……？）

口を開けたまま固まってしまった白蓮を見て、李汀洲が苦笑する。

「詳しくは、中で話されてはいかがですか？　しかし、本人にお話しする前に連れてきてしまうとは、相変わらずせっかちですな」

親しげな口調で言った李汀洲に、蒼龍は口の端を上げてニヤッと笑ってみせると、愉《たの》しそうに告げた。

「これが目の前にいるとな、そんな話をする時間も惜しくなるのだ」

「それはそれは……」

李汀洲は少々呆れた様子で、恥ずかしさのあまり縮こまっている白蓮を見た。

「うちの娘にするにはもったいないほどです。皇上《こうじょう》のお心をここまで掴むとは」

白蓮はなんと言っていいかわからず、困って下を向く。

すると、蒼龍がその肩に腕を回してきた。

「今日は顔合わせのために寄っただけだ。仮にも親子となるのに、互いの顔も知らないのでは困るだろうからな。暗くなる前に、白蓮を連れて宮殿に戻る」

その言葉に李汀洲は驚き、慌てて訴えた。

「今から後宮入りとは……それはさすがに早すぎます！　こちらにも準備というものが……」

「準備なら、秋皓月がとっくに済ませている。そちらで何か用意していたものがあるなら、後から後宮へ届けさせるといい」

それを聞いた李汀洲は、肩を落としてため息を吐《つ》いた。

「仕方ありませんな……昔からあなたは、こうと言い出したら梃子《てこ》でも動きませんからね。ですが、せめて息子たちを紹介させてください」

蒼龍は軽くうなずくと、李汀洲の背後に並んでいる息子たちの顔を順に眺めた。

「科挙《かきょ》を受けて合格したという息子は？」

「ああ……あちらに」

そうして李汀洲が蒼龍に息子たちを紹介している間、白蓮は混乱しっぱなしの頭をなんとか整理しようとした。

（私が……貴妃に？）

貴妃といったら、皇后をのぞけば妃の最高位である。

（そういえば、両親にも話を通してあるって、蒼龍さまは言ってた……）

では父と母は、もしかしたら兄も、みんな知っていたのだろうか。よくよく考えてみれば、両親は揃って「早く後宮へ帰れ」と言っていた――

「白蓮」

不意に蒼龍に呼ばれた白蓮は、慌てて返事をする。

「はいっ」

「気持ちの整理はついたか？　今後も黄家の家族に会えなくなるわけではない。心配するな」

「……はい」

白蓮がうつむくと、蒼龍は苦笑した。

「宮殿までは、李家の馬車で送ってもらうことにした。その間、お前にはもう少し詳しく話をしないとな」

顔を上げた白蓮を、蒼龍が優しい笑みを浮かべてまっすぐに見つめていた。


白蓮は施術着のままここまで来てしまった。その格好を見かねた李汀洲が、「着るものだけでもこちらに用意させて欲しい」と蒼龍に訴える。

すぐに出発しようとしていた蒼龍も、白蓮の着飾った姿が見られるのならと渋々承知し、二人は屋敷の中に招かれた。

李汀洲の妻の指示を受けた侍女たちにより、白蓮は奥に連れて行かれる。そして湯あみをさせられ、念入りに磨かれた。

あらかじめ用意されていた衣装に身を包むと、薄く化粧を施《ほどこ》され、髪も結われた。さらに宝飾品で飾り立てられる。

やがて身支度が終わり、白蓮の姿を見た侍女たちは、ほうっと息を漏らした。

「まぁ……」

「なんてお美しいのでしょう」

「さすがは陛下の目に留まったお方です」

着飾ることも、こんなに大勢に見つめられることも、嫌味や皮肉でなく褒められることも初めてで、白蓮は大いに恐縮した。

やがて侍女に案内されて、李家の面々と蒼龍が待つ部屋へ入る。白蓮がおそるおそる顔を上げると、皆一様に目を見張っていた。

「なんと、これは」

「まぁ……」

李夫妻は感嘆のため息を漏らす。四人の息子たちは揃って頬を赤く染め、白蓮をじっと見つめたまま目を逸らせずにいた。

「白蓮」

満足げな笑みを浮かべた蒼龍が、自分の近くへ来るよう手招きした。

その顔を見た白蓮はホッとしてうなずき、部屋の一番奥に座っている彼のもとへ足早に近づく。

「きゃっ！」

蒼龍の近くまで来たところで、白蓮は軽く叫び声を上げた。

急いだせいで長い衣装の裾を踏んでしまい、身体のバランスを崩して前に倒れそうになったのだ。

「あ！」

李家の全員が慌てて椅子から立ち上がる。だが、白蓮が蒼龍の腕に抱き留められる姿を見て、一様に安堵の息を漏らした。

「すみませんっ」

恥ずかしさで真っ赤に染まった白蓮の顔を、蒼龍が腕で隠し、そのまま座らせる。

白蓮は蒼龍の膝の上にのせられた格好になり、大いに慌てた。

（み、みんなの前で――――！）

だが蒼龍は全く気にする様子もなく、白蓮の目をじっと見つめながら、頬を優しく撫でる。

「綺麗だ、白蓮」

すると、李汀洲も感心した様子でうなずいた。

「着飾らなくとも充分に美しいと思っていましたが……これは驚きましたな」

「そうだろう？　これで白蓮を後宮に上げる理由について納得したか、李汀洲」

「その点はもう。しかし、他の貴妃さまたちのことは、どうなさるおつもりですか？」

白蓮は、思わずびくっと反応した。

それに気付いた蒼龍は、その背をなだめるように擦《さす》ると、李汀洲に向かって意味ありげな笑みを浮かべる。

「茉莉殿の妃たちは、政治的に無視できない家の出身者ばかりだ。順番に閨《ねや》に召さざるをえないだろうな」

その言葉に、白蓮は強いショックを受けた。

だが、それもわかっていると言わんばかりに、蒼龍の手はずっと白蓮の背を撫で続けている。

李汀洲は訝《いぶか》しげな視線を蒼龍に向けつつも、口の端に笑みを浮かべて尋ねた。

「それですと……以前おっしゃっていた、あのお言葉の意味は？」

「言葉通りの意味だ。白蓮以外の妃に子を産ませるつもりはない」

（え……？　どういうこと？）

白蓮は目を丸くし、蒼龍の顔をそっと窺《うかが》い見た。

「つまり、閨《ねや》には呼ぶが手は付けないと……そういう意味ですかな」

李汀洲は、呟くように言った。

「まぁ、そういうことだ」

蒼龍は軽くうなずいてみせる。

「それは、妃たちが黙っていないのでは？」

もっともな質問だ。白蓮も蒼龍の横顔をじっと見つめて答えを待つ。

すると蒼龍は愉《たの》しそうに笑って、李汀洲を見た。

「だから取引をする。茉莉殿の妃たちには、あらかじめ伝えておくんだ。俺が妃たちに手を付けるつもりがないことと、本人が望むならいつでも実家に戻してやることをな。もちろん、一族の者に対しても秘密にさせるつもりだ。当然、相応の報酬は払う。俺としても政治をする上では、妃たちにいなくなられては困るからな。もし後宮に残ることを選択するのならば、報酬を上乗せするとも伝える」

「報酬とは……？」

蒼龍以外の全員が揃って眉根を寄せ、訝しげな顔をした。

「嫁ぎたいと思う相手がいれば、できるだけ仲を取り持ってやることと、あとは色々だ」

「色々？」

李汀洲がさらに問いかけると、蒼龍は「んー」と言いよどむ。

「言葉で説明しても、なかなか理解しがたいと思うが……」

そこで蒼龍は白蓮のほうを振り返って、こう尋ねた。

「お前には答えがわかるか？　白蓮」

(え!?　私？)

突然話を振られた白蓮は、ふるふると首を横に振る。

「答えは、お前の按摩《あんま》だ。昼間の茉莉殿ではできない例の技も、閨でやる分には問題ないと思わないか？」

「し……『仕込み技』を報酬にするんですか!?」

仰天する白蓮を見ながら、蒼龍はいつもの不敵な笑みを浮かべた。

「あれを受けた者は、例外なくハマると言っていただろう？　お前の力で、妃嬪《ひひん》たちをできるだけ長く後宮に繋ぎ止めてくれ」

「閨に召されたお妃さまに、私が按摩をするってことですよね……？　その間、蒼龍さまはどうするのですか？」

白蓮が気になってそう尋ねると、蒼龍は一瞬目を丸くしたあと、おかしそうに笑った。

「そうだな……俺は瑠璃殿で、お前の帰りを待つかな」

驚きのあまり茫然としながら、白蓮は蒼龍の顔を見つめる。

（心も身体も私だけにくれると言ったのは……本心だった……？）

「そんなに上手くいくでしょうか？」

心配そうに尋ねる李汀洲に、蒼龍は力強くうなずいてみせた。

「白蓮の按摩《あんま》の腕は、茉莉殿の妃たちのほうがよく知っている。白蓮は後宮にいる間、それで大金を稼いでいたからな。試しに劉貴妃に話を持ちかけたら、乗ってきたぞ」

「ええっ⁉」

白蓮は思わず大声を上げた。

「じゃあ……あのとき、劉貴妃を閨《ねや》に召されたのって……」

その問いに蒼龍はうなずくと、白蓮の背をまた優しく撫でながら言った。

「そうだ。この話をしていた。だから……劉貴妃とは何もない」

「蒼龍さま……」

茫然としたまま呟く白蓮を抱きしめてから、蒼龍は李汀洲たちのほうに向き直る。

「当然、この話が他の貴族の耳に入れば大問題になる。……わかっているな？」

李汀洲は瞬時に真剣な表情に切り替え、深々と頭を下げた。

「ここから漏れることは決してないと、お約束いたします」

＊　＊　＊

白蓮と蒼龍は、李一族に見送られて屋敷を出発した。

馬車の中で、蒼龍はまたしても白蓮を膝の上にのせ、その身体を強く抱きしめる。

「納得したか？　白蓮……」

耳元で優しく囁《ささや》かれ、白蓮は喜び半分、泣きたい気持ち半分で蒼龍を見つめた。

「蒼龍さまは……いつからこんなことを考えていたんですか……？」

白蓮を貴妃として迎え、他の妃には手を付けずに後宮の機能を保つことを——

「それは、お前が俺に処女だと告げたときからだ」

「ええっ!?」

(それって、出会ってすぐじゃないの……)

「最初はお前を宮女として後宮入りさせられれば、それでいいと思っていた。だが……お前自身は、俺の妃になりたいとは考えていなかっただろう？　もし強引に処女を奪ったとしても、それではお前はきっとどこかへ逃げてしまうと思った」

蒼龍は漆黒の瞳に熱を浮かべながら、緩《ゆる》やかに微笑んだ。

「たとえお前の気持ちを手に入れるためだとしても、為政者《いせいしゃ》として、後宮を捨てることはなかなかできなかった」

その言葉に、白蓮はゆっくりとうなずいてみせる。

あの日、皓月も言っていた。後宮を廃止するなど、政治における主導権を放棄するに等しいと――

「だが、瑠璃殿であれを見たときに、なんとかなるかもしれないと思った」

「……あれって？」

白蓮が首を傾げると、蒼龍はくくっと笑った。

「お前の房の一角を占領していた、高級品の山だ」

白蓮は目を丸くする。

蒼龍はその瞳を見つめながら、そっと頬に触れた。

「あれを見たときに、お前の按摩《あんま》の価値に気付いた。これはきっと取引の材料になると。もちろん、お前の協力を得られることが前提なわけだが……」

蒼龍はそう言いながら、真剣な顔をする。

「お前は俺の妃になって、俺の傍《そば》にいたいと……そう思ってくれるか？」

蒼龍の眼差しは、白蓮の心をまっすぐに貫《つらぬ》いた。

「私は……蒼龍さまを愛しています。ずっと……どちらかが死ぬまでずっと、あなたのお傍に――」

声は小さく、微かに震えていたが、それでも蒼龍の耳には届いたようだ。その証拠に、蒼龍は白蓮をより一層強い力で抱きしめ、今度こそ唇に口づけた。

その存在を確かめるように何度も唇を重ねた後、いつの間にか涙を流していた白蓮の頬を撫で、蒼龍が耳元で囁《ささや》く。

「俺も愛している。俺の妃はこの先もずっと、お前一人だけだ」

揺れる馬車の中で何度も唇を重ね合ううちに、接吻《せっぷん》は次第に深くなる。蒼龍は、その目に強い欲望の色を浮かべた。

それに気付いた白蓮の胸の内でも、すでに火種はくすぶっている。着飾った衣装の上からゆっくり身体を撫でられると、それはすぐに燃え上がった。

「ん……はぁっ……」

「白蓮……」

たとえどんなに小さくても、白蓮の声は高く、軽やかに響く。それを他の誰かに聞かせたくないとばかりに、蒼龍はまた白蓮の唇を塞《ふさ》いだ。

口内を隈《くま》なく貪《むさぼ》られ、視線や舌の動きでもっとよこせと強請《ねだ》られる。

白蓮ももっと近くで、より深くまで、蒼龍と繋がりたくて仕方がなかった。

蒼龍と会わずにいた時間を、すべて埋めてしまいたかった。

心の傷が、蒼龍と触れ合うたび、急速に癒《い》やされていくのを感じる。

触れ合う唇や舌から伝わる熱、その指先が肌を優しく撫でる感触、そして蒼龍の纏《まと》う官能的な香りに囚《とら》われ、欲望の滲《にじ》む強い視線に絡め取られていく。

蒼龍のものは衣服の上からでもわかるくらいに硬くなっており、膝の上にのせられている白蓮は、腿《もも》にあたるそれにますます欲望を煽《あお》られた。

「蒼龍さまっ……」

白蓮は蒼龍の首に腕を回し、目で『欲しい』と訴える。けれど蒼龍は眉根を寄せ、低い声で呻《うめ》いた。

「……ここではだめだ。閨《ねや》に着くまで待て」

お互いを強く欲していることがわかっているのに、耐えねばならない。だが触れ合うことだけはやめられず、二人は深い口づけを何度も交わした。

＊＊＊

宮殿までの道のりは、気が遠くなりそうなほど長く感じた。ようやくたどりつくと、白蓮は先に馬車を降りた蒼龍によって、またしても縦抱きにされた。

もう二度と来ることはないと思っていた宮殿に、蒼龍と共に戻ってきたことを不思議に感じる。

二人を出迎えた皓月たち一同は、着飾った白蓮の姿に揃って驚き、その美しさに感嘆のため息を漏らした。

だが、白蓮も蒼龍も、お互いのこと以外はほとんど何も見えていない。

蒼龍は妃が後宮入りする際の段取りを丸々無視して、白蓮を抱いたまま、まっすぐに青瓷殿へと進んでいった。


「人払いを。俺がいいと言うまでは、誰一人ここに近づけるな」

青瓷殿付きの侍女にそれだけ告げると、蒼龍は妃が出入りするのとは反対側にある入り口から閨に入り、後ろ手で荒々しく扉を閉めた。

早足に寝台へ近づいて、そこへ白蓮の身体を放るようにし、そのまま組み敷く。

「加減はできない……許せ」

余裕がない様子の蒼龍に、白蓮は黙ってうなずき、彼に向かって手を伸ばした。

それを見た蒼龍は、何も言わずに白蓮の衣服を引き千切りそうな勢いで剥《は》いでいく。そして自分も着ていた袍《ほう》や衣《ころも》を、その勢いのまま脱ぎ捨てた。

彼は白蓮の肌着の前を開くと、足を左右に開かせた。白蓮の蜜壺は、すでに充分すぎるほど潤っている。

「あっ……」

白蓮は羞恥《しゅうち》に思わず身をすくめる。

蒼龍は構わず足の間に身体を入れると、己の猛《たけ》った剛直をそこにあてがい、強引にずぶずぶと押し入った。

「あああぁぁぁっ！」

熱い楔《くさび》で一息に貫《つらぬ》かれ、白蓮の全身に焼けつくような熱と、痺《しび》れるような快感が広がる。そのまま激しく全身を揺さぶられた。

「ひぃぅ……っん、や、あっ、んんぅっ……あぁぁぁぁっ！」

ずっと蒼龍を欲していた白蓮の膣内《ちつない》は、蒼龍のものをめいっぱい呑み込み、ぬちゅぬちゅと淫《みだ》らな水音を響かせる。

蒼龍は苦しそうな表情を浮かべて呼吸を荒くし、白蓮の身体を思いきり突き上げた。その首すじを、早くも汗が流れ落ちる。

強引に擦《こす》られながらも、白蓮の媚肉は次々と溢れ出る蜜を潤滑油《じゅんかつゆ》にして、蒼龍の剛直を絡め取る。白蓮は、自分のそこが蒼龍のものをきゅうきゅうと締めつけていることを自覚していた。貫かれたとき一気に広がった快感は、ますます膨らんでいく一方だ。

「あぁっ、あ、んっ、あぁぁっ……もっと、蒼龍さまっ……！」

たまらず蒼龍に向かって腕を伸ばすと、彼はすぐに顔を寄せてきて、白蓮の唇を塞《ふさ》いだ。

「白蓮……っ」

名を呼ばれると同時に、蒼龍の乱れた吐息がかかり、白蓮はぶるっと全身を震わせた。熱の籠《こも》った目で見つめてくる蒼龍は、白蓮を強く縛《いまし》めて身動きができないようにしながら、激しく欲望をぶつけてくる。

「ひぃゃ……っん、だめ、蒼龍さまっ……はげしっ……の、ああっ……」

快感が、蒼龍の動きに呼応して強まっていく。白蓮の身体は快楽の波に呑まれて、否応《いやおう》なしに高みへと引き上げられていった。

腰を打ちつけられると奥が痺れて、きゅうっと締めつけてしまう。そこを強引に引き抜かれ、またずぶりと深くまで打ち込まれる。

それを繰り返すうちに、白蓮の頭は真っ白になっていった。

蒼龍は身体を起こして白蓮の足首を掴むと、それを自らの肩にかけて体重をのせた。結合部が上を向き、より深く繋がった状態で、ずんずんと激しく突き上げる。

「いつでも達《い》け、白蓮っ……もういやだと言ってお前が泣き出すまで、何度でも抱いてやる」

「ふぁっ……あ、あ、やぁぁっ、ああっ、蒼龍さまぁぁっ……！」

白蓮の媚肉は蒼龍の熱い楔を強く締めつけ、もっと奥へと誘《いざな》う。

自分の心をかき乱す蒼龍が、愛《いと》しくてたまらない。

強い締めつけに抗《あらが》うように、蒼龍がさらに激しく腰を打ちつけた。快感がまた膨れ上がり、白蓮は声にならない叫びを上げて、全身を大きく震わせる。

そのまま快楽の高みへと一気にのぼりつめた。目の前で白く光が弾け、まるで蒼龍の楔《くさび》を呑み込むかのごとく、白蓮の中がうねった。

一気に脱力して敷布に沈み込んだ白蓮の身体を、蒼龍は優しく抱きしめ、耳元で囁《ささや》く。

「意識を飛ばすなよ、白蓮。俺はまだ終わっていないぞ」

「ん……そうりゅ……さま……」

強すぎる快楽から一時的に解放された白蓮は、まだ身体に残る熱に浮かされながら、ぼんやりと蒼龍を見つめる。

「お前の声と匂い、この肌の柔らかさ……。離れている間、すべてが恋しくて、どうにかなりそうだった……！」

白蓮の身体を強く抱きしめたまま、蒼龍はまたゆっくりと動き始めた。

快感の余韻が残っていた白蓮の身体は、その動きにすぐさま反応し、再び悦楽に呑み込まれていく。

「あっ……んん、あ、やっ……蒼龍さまっ……あぁぁぁっ」

蒼龍は白蓮の身体を突き上げながら、揺れる乳房を揉みしだいた。その指が頂《いただき》にある小さな実をきゅっと摘まむと、白蓮は切なげな声を漏らす。

大きくて武骨な手が肌の上を滑り、その熱さと感触に白蓮の全身が震える。

また膣内《ちつない》が蒼龍のものを奥へと誘うように蠕動《ぜんどう》し始め、蒼龍はキツく眉根を寄せた。

「白蓮……！」

蒼龍は腰の動きをより一層激しくし、白蓮の中を何度も深く抉《えぐ》る。白蓮は必死でその腕に縋りながら大きく揺さぶられた。

「そ……りゅうさまっ、やっ、あっ、ああっ、やぁぁぁぁっ」

快感は再び大きく膨らんでいき、白蓮をその渦の中に巻き込んでいく。

強すぎる快感に耐える白蓮をじっと見つめ、蒼龍は繰り返し腰を打ちつけた。

「俺の子を産め、白蓮っ……生涯お前だけに、それを許す……！」

白蓮が背を大きく反らし、媚肉が蒼龍のものを強く絡め取る。それと同時に、蒼龍も己の欲望を解放した。

高みに達して震える白蓮の最奥で、熱い白濁《はくだく》が勢いよく放たれる。その熱を感じ、白蓮の蜜壺は蒼龍のものを再びきゅうっと締めつけた。それによって白蓮の身体にはまた、ぞくりと愉悦《ゆえつ》の震えが走った。

はぁっと大きく息を吐《つ》き、蒼龍が剛直を引き抜く。すると、途端に蜜口から白濁と蜜の混じり合ったものが、くぷっと溢れ出た。

それでも硬さを失っていない蒼龍の肉棒が、濡れ光ったまま目の前に現れる。白蓮は思わずそれに手を伸ばした。

「ふっ……まだまだ足りないか？」

白蓮は答える代わりに上半身を起こし、這《は》うようにして蒼龍の腿《もも》の間に入り込んだ。そしてそそり立つ剛直に手を添え、それを下からゆっくり舐め上げる。

「んっ……白蓮……」

ぴちゃぴちゃと音を立てて舐めると、蒼龍はその瞳に再び熱を籠《こも》らせた。片時も目を離さず、白蓮の行為をじっと見つめている。

白蓮が舌を絡みつけて喉奥深くまで肉棒を呑み込むと、蒼龍は眉根を寄せた。快感に耐えるときの表情だ。それを見た白蓮も強く欲望を煽《あお》られる。

口の中で抜き差しを繰り返しながら、亀頭の割れ目に舌先を滑り込ませる。同時に竿を手で扱《しご》けば、蒼龍の顔からはすぐに余裕が消え去った。

「白蓮……だめだ。口ではなく、お前の中に……」

呼吸を乱しながらそう呟き、蒼龍は腰を引いた。白蓮は素直に唇と手を離す。

すると蒼龍は自分が先に敷布に仰向けになり、白蓮を手招きした。

「上にのれ、白蓮。あの一番初めの講義のときのように」

白蓮は目を丸くする。それからうなずくと、膝立ちでゆっくりと蒼龍に近づいた。

まだ蒼龍の肩にかかっていた肌着を脱がせれば、逞《たくま》しい肉体が露《あら》わになった。その肌の上に指を軽く滑らせて、白蓮は蒼龍の身体を跨《また》ぐ。

目を合わせて微笑み合うと、白蓮は腰を浮かせて足の間に手を伸ばし、熱く濡れた剛直に触れる。

その先端を蜜口に当ててゆっくりと腰を落とせば、下半身が痺《しび》れるほど強い快感が湧き起こった。

「んんぅ……あ、ああ……」

ゆっくりと深くまで蒼龍を呑み込んでいく。白濁《はくだく》の残滓《ざんし》が蜜と一緒になって潤滑油《じゅんかつゆ》の役割を果たした。

ようやくすべてを呑み込むと、白蓮は思わず顔をしかめた。繋がっているときの内腑を押し上げられるような圧迫感は、常に快感と同居している。

満足げに吐息を漏らした蒼龍は、緩《ゆる》やかに腰を揺らした。

「あのときは辛かった……お前に触れたくて、おかしくなりそうだった」

下から白蓮の姿態《したい》を見上げながら、蒼龍は手を伸ばす。

白蓮は少し屈《かが》んでその手に乳房を掴ませると、やわやわと揉まれながら小刻みに腰を振った。それに合わせてちゅっ、ぐちゅっと水音が鳴る。

肉棒の先端が奥に当たるたびにきゅうっと切なく疼《うず》き、蒼龍のものを締めつけてしまう。そのまま媚肉を擦《こす》り上げられると、たまらなく気持ちいい。

白蓮の身体は自然と動いてしまい、蒼龍は苦笑を浮かべつつ、苦しげに眉根を寄せた。

「白蓮っ……！」

腰を掴まれ、激しく下から突き上げられた。上にのっている白蓮の身体は自らの重みで下に落ち、剛直がより強く膣奥《ちつおう》を打ちつける。

「ひぃあっ……ああっ、やぁぁっ」

緩《ゆる》やかに膨らんでいた快感が急激に増して、白蓮を翻弄《ほんろう》する。

何度も快楽を上塗りされ、蒼龍の色に染まっていく。こうして繋がっているときだけは、互いが互いのものであると実感できる――

快感のあまり白蓮の動きが鈍ってくると、蒼龍は身体を起こしてその腰を抱え、体勢をぐるっと反転させた。

白蓮が驚くヒマもなく、蒼龍はその身体を強く抱きしめ、激しく膣奥《ちつおう》を穿《うが》つ。

「んぁっ、あっ、ああっ……やぁぁぁっ」

せり上がる快感にまた追い詰められていく。

唇を奪われて、口内を蒼龍の長い舌で蹂躙《じゅうりん》される。

その腕の中で強い快感に浸《ひた》りながら、白蓮はただひたすら蒼龍の存在を感じることに没頭した。

貴妃として入城してから二日間、蒼龍は白蓮を自分の閨《ねや》から一歩も外へ出さなかった。

蒼龍自身も入浴や食事などのすべてを閨の中で済ませ、仕事もせずに寝台の中でずっと白蓮と戯《たわむ》れている。

今も裸で敷布の上にうつ伏せている白蓮の背中を、夜着を羽織《はお》っただけの姿で怪しく撫でていた。

朝から攻められて、白蓮はまだ日中だというのにグッタリしている。

「お前の肌は、蒸餅《むしもち》のようだな……」

蒼龍が愉《たの》しそうに言う。

白蓮が怪訝《けげん》な顔をして「蒸餅？」と聞き返すと、蒼龍は丸机にいつの間にか置かれていた食事を指差した。

「あれだ。触《さわ》り心地が一緒だ」

蒼龍は素早く寝台から下りて、その丸机から、蒸餅のたくさん入った器《うつわ》を持ってくる。

「食べるか？　腹が減っているだろう」

白蓮は黙って素直にうなずいた。

朝方起きて顔を洗い、さぁ朝食だと思ったところで、なぜかその気になった蒼龍に襲われたのだ。

後宮に戻ってからは昼も夜もなく、蒼龍にされるがままになっている。たった二日の間に一体どれだけ抱かれたのか、すでに数えきれなかった。

「ほら、口を開けろ」

寝台に腰掛けた蒼龍が、白蓮の前に小さく千切った蒸餅を差し出す。

まだ温かいためか、饅頭《まんじゅう》に似た匂いがふわっと鼻先を掠《かす》めた。

寝台に横になったままの白蓮は、はしたないと思いながらも、その匂いに釣られて口を開ける。

口に放り込まれた蒸餅はほんのりと甘く、柔らかかった。

（ほわほわして美味《おい》しい……）

空腹だったこともあり、白蓮が食べることに集中していたら、蒼龍の手がまた怪しく動き始める。

「やはり同じだ。なめらかで、吸いつくようにしっとりしている」

蒼龍はそう呟きながら、蒸餅《むしもち》を持つのとは反対の手で、白蓮の胸を揉んだ。

「んむっ」

「ほら、もっと食べろ」

白蓮が抗議の視線を向けるのと同時に、蒼龍はまた彼女の目の前に蒸餅を差し出した。

(むむ……)

文句を言いたかったが空腹には逆らえず、白蓮はそれをパクッと口にした。今度は千切らず丸ごと差し出されたので、自分の手で掴んでもぐもぐと咀嚼《そしゃく》する。

蒼龍がその隙《すき》を突いて、今度は両手で白蓮の胸を揉む。そしてそのまま覆《おお》いかぶさると、胸の頂《いただき》を口に含んだ。

「むぅっ、んーっ！」

口の中いっぱいの餅に邪魔されて何も言えず、白蓮は身を捩《よじ》った。だが、蒼龍にしっかりと抱きすくめられて動けない。

(人が食べてるのにーっ！)

朝から散々弄《いじ》られて敏感になっている頂を、舌先で舐《ねぶ》られる。すると、くすぐったさに似た強い快感が湧いた。

「ふっ、んんぅっ……！」

「こちらのほうが美味《うま》いな……白蓮、お前はいくら食べても飽きない」

白蓮は咀嚼《そしゃく》していたものを死ぬ気で呑み込んだ。そして思いきり腕を突っ張って、蒼龍の肩を強く押し返す。

「いくらなんでも食べすぎです！　昨日からずっと……っん、やぁっん！」

押し返した白蓮を軽々と押し戻し、蒼龍は胸の頂を再び口に含んで甘噛みした。

両胸を存分に堪能した後、やっと唇を離した蒼龍が言う。

「ずっと飢えていたんだ……まだ足りない、白蓮……」

「蒼龍さま……」

(それにしたって！)

蒼龍の手が止まる様子はなく、頭から背中、そして腰を撫でられ、唇も啄《ついば》まれた。

舌を吸われると、白蓮の身体から力が抜けた。つい先刻出されたばかりの白濁《はくだく》に濡れる蜜口は、すでに潤っている。

そこを指で探りながら、蒼龍は囁《ささや》いた。

「まだ柔らかいな……挿《い》れるぞ、白蓮」

「え、待って、蒼龍さまっ……！」

白蓮は慌てたが、背後から抱きしめられ、熱い屹立《きつりつ》の先端が尻肉の間に強引に割り込んでくる。

「んっ……や……っん、んんーーっ！」

先端が蜜口に引っかかったのを白蓮が感じた直後、蒼龍のものが膣内《ちつない》に力強く打ち込まれた。昨日から何度も貫《つらぬ》かれたそこは、反射的にきゅうっと強く締めつける。

「はっ……、何度こうしても、お前の中は狭い。こちらが苦しいほどだ」

「あっ……ん、あっ、やぁっ、ん……」

身体を密着させながら深いところを穿《うが》たれ、白蓮は快感の波に耐え切れず、敷布をギュッと握りしめる。

肉棒を膣奥《ちつおう》に当てたまま、蒼龍は円を描くように腰を回した。

「んんーっ、や、やぁ、それ……だめぇ……っ」

切なく疼《うず》く箇所を、蒼龍の先端がゆっくりと抉《えぐ》る。

彼が動くたびに、強い快感が全身を駆け巡り、白蓮の腰がぶるぶると震えた。

「奥も良さそうだな……もっと突いてやろう」

蒼龍は繋がったまま身体を起こすと、白蓮の片足を掴んで高く持ち上げ、大きく開かせた。

「この格好は、とてもそそるな……」

白蓮は敷布に頭を付けて後ろを振り返り、下から蒼龍の顔を見上げる。

蒼龍はそんな白蓮を見下ろすと、その目に情欲の熱を浮かべた。

「色香に溢れている……お前は淫《みだ》らで美しい、白蓮」

そう言って腰を引き、再び強く打ちつける。

「ひぃあぁっ！」

先ほどとは違って激しく突き上げられ、何度も奥を抉《えぐ》られて、白蓮は高い啼《な》き声を上げた。

媚肉と肉棒の摩擦が溢れる蜜によって滑《なめ》らかになり、快感の濃度がどんどん上がっていく。

体重をかけられ苦しかったが、それを吹き飛ばしてしまうほどの快感に、白蓮は喘《あえ》いだ。

「そ、りゅ……さまぁっ……！」

「達《い》くぞ、白蓮っ……残さずに受け止めろっ」

蒼龍の律動が限界まで速くなり、白蓮は声も出せないまま、背中を大きく反らせる。

「……っくっ！」

一瞬、蒼龍のものが膨らんだように感じ、その直後にジワッとした熱を感じて、白蓮は力尽きた。

完全に脱力して、蒼龍と繋がったまま敷布の上に倒れ込む。

緩《ゆる》やかな抽送《ちゅうそう》を繰り返しながら、蒼龍は言葉通り、すべてを白蓮の中に吐き出す。白蓮はそれを悦《よろこ》びとともに受け止めた。

（蒼龍さまの子を産めるのは、私だけ……）

それは、本来望むべくもなかった幸福。

後宮という場所の道理に反してもいる。

だが、それでも——

背後から自分を抱きしめる腕に頬を寄せて、白蓮は静かに目を閉じた。


三日目の朝、政務がどうにもならなくなった晧月が青瓷殿にやってきた。

蒼龍はその知らせを聞いて、ため息を吐《つ》く。

「忍耐が足りないな、あいつは……」

その言葉に白蓮がくすっと笑うと、蒼龍はそれを見て名残《なごり》惜しそうな表情をした。

「もう少し、お前とこうしていたかったが……」

白蓮は蒼龍の頬にそっと口づけ、甘やかな声で囁《ささや》く。

「お仕事頑張ってください、陛下」

蒼龍はもう一度ため息を吐き、白蓮の身体をぎゅうっと抱きしめた。

「お前ばかりを閨《ねや》に召すわけにはいかないから、次は他の妃嬪《ひひん》を召すことになる。お前には負担をかけるが、宮中の貴族たちの動向が落ち着くまで、頑張ってもらえるか？」

白蓮はにっこり笑ってうなずく。

「按摩《あんま》は大した負担じゃありません。実家では一日中働いていたのですから、一晩に一人でいいなんて、むしろ物足りないくらいです」

「そうか……」

蒼龍は苦笑を浮かべると、白蓮の髪を優しく撫でながら、こめかみや頬にたくさん口づけた。

「施術が終わったら、妃嬪を閨に残して瑠璃殿に戻っていい。俺は瑠璃殿で、お前のことを待っている」

「はい、蒼龍さま」

見つめ合って、どちらからともなく唇を重ねた。口づけは次第に深くなり、蒼龍は白蓮を抱きしめたまま寝台の上に倒れ込む。

「蒼龍さま……あの、晧月さまが……」

待っているのでは？　と言おうとして、再び唇を塞《ふさ》がれた。

「少しくらい待たせておけばいい。そもそもあいつが白蓮を連れ帰るのが遅かったから、こんなことになっているんだ」

二人はおかしそうに笑い合い、もう何度目かわからない口づけを交わす。

そしてまた、睦《むつ》み合うことに夢中になった。


やがて閨を出た白蓮は、瑠璃殿へ向かう。久しぶりに足を踏み入れたそこはがらりと様変わりしていて、白蓮は驚いた。

元々隠離宮だった瑠璃殿だが、白蓮が滞在していた間にすっかりその存在が後宮中に知れ渡った。もう隠離宮としては使えなくなったことから、蒼龍が全面的に改装するよう命じたのだ。

後宮内の建物はすべて、そこに入る妃の位に合わせて造り変えられる。貴妃の住まいとなった瑠璃殿は、どの建物よりも豪奢《ごうしゃ》になっていた。

白蓮はその豪華さに圧倒されて、各房を興味深く見て回る。そして最後に寝所を覗いたとき、一番驚かされた。

「寝台が広くなってる……！」

まるで青瓷殿の閨《ねや》みたいだ。

寝所の広さは変わらないので、かなり部屋が狭くなったように感じる。

「……落ち着かない」

白蓮は正直、以前の地味な内装のほうが好きだった。だが侍女には「貴妃さまの宮殿ですので、当然のことです」と言われてしまう。

「貴妃かぁ……」

日が経てば、徐々に実感が湧いてくるのだろうか……？

「庭に出てもいいかしら？」

そう尋ねると、侍女はにっこりと微笑みうなずいた。

閨を出るときに着付けられた衣装には、薄絹を何枚も折り重ねた、とても綺麗な織物が使われている。非常に軽くて肌触《はだざわ》りも良い。その上から刺繍《ししゅう》入りの美しい袍《ほう》を羽織《はお》らされた。

「これって……皇上《こうじょう》が？」

白蓮が衣装を指してそう聞くと、侍女は首を横に振る。

「ここにある衣装の半分は秋皓月さまがご用意されたもので、残りの半分は李汀洲さまから送られてきたものです」

「……皓月さまが？」

白蓮は目を丸くした。すると侍女が何かを思い出したのか、くすっと笑みを漏らす。

「皇上がご用意なさろうとしていたのを、秋皓月さまがお止めして『これは自分の役目ですから』とおっしゃっていました。なんでも白蓮さまのご実家と、そういうお約束をされたのだとか」

（うちの家族と……？）

そこで白蓮は思わず「あ」と声を漏らした。

皓月に『秘技』を施《ほどこ》した後、彼は「今後の相談」をするために、父の虞淵に連れられていった……

「なるほど」

（さすが父さま……）

白蓮は苦笑を浮かべ、ほんの少しだけ皓月に同情した。

＊　＊　＊

叱責覚悟で蒼龍を迎えにきた皓月は、たっぷりと待たされて、眉間《みけん》にシワを寄せていた。その顔のまま、蒼龍が不在だった間の宮中の様子について報告する。

「皇上《こうじょう》みずから出迎えにいった李貴妃の噂でもちきりです。まして二日も閨《ねや》に籠《こも》ったまま出てこないので、劉侍中がピリピリしているようです」

蒼龍は頬杖をつき、軽くため息を吐《つ》く。

「では、今宵は劉貴妃を召すと伝えろ」

皓月は目を丸くした。

「よろしいのですか……?」

今度は蒼龍が軽く目を見張る。

「何がだ?」

「いえ、白蓮さまは……」

皓月の言葉に、蒼龍は一瞬固まった後、すっと視線を逸らした。

(そういえば、説明していなかったな……)

「いいんだ。白蓮も納得している。何も問題はない」

秘密が漏れるとすれば、皓月からだろう……蒼龍はそう考えて、バレるまでは黙っておくことにした。

皓月は怪訝《けげん》な顔をしつつも、劉貴妃のお召しがあれば騒ぎは沈静化するだろうと思ったのか、それ以上は何も聞かなかった。

「あ、あとさっそく李一族に対して貴族たちが接触し始めたようです。このまま李貴妃のお召しが続けば、李汀洲の役職の格上げについても問題なく進められるはずです」

「そうか」

蒼龍は満足そうな笑みを浮かべる。

「ところで……肝心の役職は、どうなさるおつもりですか？」

その晧月の質問に、蒼龍は口の端を上げて意味ありげに微笑んでみせた。

「お前の隣だ」

「はい……？」

晧月はぽかんとする。

「当面は俺の執務補佐となるが、いずれ白蓮が皇子を産み皇后となれば、宰相職……できれば中書令《ちゅうしょれい》にと考えている」

「ええっ!?」

驚愕の表情で固まった晧月に、蒼龍は冷ややかな視線を向けた。

「李汀洲は昔、俺の帝王学の教師だったのだ。軍事から交易、税制、儒教に文学……その知見の広さには今でも感心する。俺が即位したら傍《そば》に置きたいとずっと考えていたんだが、残念なことに奴には娘がいなかったのだ。息子しかいないのでは、後宮には入れられないからな」

呆けた表情のままでいる晧月に、蒼龍はぴしゃりと言い放った。

「人当たりが良さそうに見えるが、なかなか喰えない男だぞ。お前にとっても学ぶことは多いだろう。いい機会だから鍛《きた》え直してもらえ」

「えええええ〜〜っ！」

蒼龍からのまさかの「要再教育」認定に、皓月はがっくりと肩を落とした。

＊　＊　＊

侍女からの知らせが来てすぐに、白蓮はひっそりと瑠璃殿を出て、青瓷殿に向かった。

しかし、いつもの渡殿《わたどの》ではなく、通常行き来するのに使う回廊を通る。

そして普段、蒼龍が出入りに使う扉から中に入り、白蓮は緊張しながら寝台の端に腰かけた。

そのまま劉貴妃がやって来るのを待つ。

話はついていると蒼龍から言われていても、白蓮は不安だった。

(劉貴妃は、蒼龍さまが即位した当初からいらっしゃるお妃さま――)

今さら手を付けるつもりがないなどと言われて、そう簡単に納得できるものだろうか？

それに国でも一、二を競う大貴族、劉一族の姫である。本人が希望すればいつでも後宮を下がれるとしても、一族がそれを許さないだろう。

皇帝の妃なのに愛されることはなく、余所へ嫁ぐことも叶わないのでは、あまりに不憫《ふびん》だと思う。

（そんな状況で、もし私が皇子を孕《はら》んだりしたら……）

うしろめたさで胸が痛くなり、白蓮は夜着の胸元をきゅっと握った。

そこへ、渡殿から来る際に通る扉をガラララと開く音が響く。

「あ……」

久しぶりに会う劉貴妃は、白蓮の姿を認めると、満面の笑みを浮かべて駆け寄ってきた。

「白蓮さん！」

走ってきた勢いで抱きつかれ、とっさに足を踏ん張れなかった白蓮は、そのまま劉貴妃と一緒に寝台へ倒れ込む。

「会いたかった、会いたかった！　白蓮さん！」

「劉貴妃……」

「あの特別な按摩《あんま》を受けさせてくれるというから、今か今かと待っていたのに！　どこへ行ってらしたの!?」

（ん……？）

白蓮は驚きと戸惑いで目をチカチカさせながら、やっと身体を起こした。そして劉貴妃の顔をおそるおそる窺《うかが》い見る。

「あの……ちょっと実家に帰っていました」

「ああ！　そうよね、後宮入りすると親の顔もなかなか見られなくなるものね」

劉貴妃の言葉と態度に意表を突かれて、白蓮は目を丸くする。

その顔を見て、察しの良い劉貴妃はニコッと微笑んだ。

「ちゃんとわかってるわよ、白蓮さん。あ、李貴妃と呼んだほうがよくて？」

「あ、あの……」

「そんな顔しないで」

困惑の表情を隠せない白蓮の隣に、劉貴妃が並んで座った。

「皇上《こうじょう》から二度目のお召しがあって、これでやっと自分もお役目を果たせるのかしらと思ったら……驚いたわ。まさか皇上が性的不能に陥《おちい》ってたなんて……」

（……ん？）

劉貴妃の言葉に、白蓮は眉根を寄せる。

そんな白蓮の様子には気付かず、劉貴妃は天を仰いで、ふうっとため息を吐《つ》いた。

「白蓮さんは、そもそも皇上の治療のために呼ばれたんですって？　確かに白蓮さんのご実家は、そちらの施術で有名なお店ですものね」

「はぁ……」

（ちょ、ちょっと？　一体どういう話になってるの……？）

下手なことを口走れないので、白蓮は曖昧にうなずくしかない。

「治療の成果が出たのはいいけれど、今度はどうやっても白蓮さんにしか反応しなくなってしまったから、いっそのこと貴妃として後宮に入れることにしたんですってね。確かにお世継《よつ》ぎは必要だし、仕方ないわよね。でも、白蓮さんは本意じゃなかったのでしょう？　いくら国のためとはいえ……気持ちはとってもよくわかるわ！　私だってそうだったもの！」

劉貴妃に両手を握られ、ブンブンと振られる。

「他の妃嬪《ひひん》のことは気にしなくていいのよ。白蓮さんに皇子が生まれれば、しつこいうちのお父さまだってさすがに諦めるわ。そしたら好きな殿方のところへ下賜《かし》していただけるって約束してもらえたし。それまでの間は、閨《ねや》で白蓮さんから特別な按摩《あんま》をしてもらえるというし」

ようやく混乱から立ち直った白蓮は、気を取り直して問いかけた。

「あの……それで良いのですか？　私がこんなことを聞くの、本当はすごく失礼なことなのかもしれませんが……」

すると、劉貴妃はまたニッコリと微笑み、白蓮の手を優しく撫でた。

「だって考えてみて？　皇上の事情なんて何も知らないまま、ただひたすら閨に呼ばれるのを待つだけの日々が、何年続いたと思う？　わたくし、自分か皇上が死ぬまで、永遠にこれが続くんだと思って、辛くて死にそうだったのよ？」

白蓮が言葉もないまま見つめると、劉貴妃はふふっと微笑んだ。

「だからね、私にとっては将来の見通しが立っただけでも、すごく嬉しいことなのよ。これから素敵な旦那さまになってくれそうな方を探さなきゃいけないしね。皇上も良さそうな相手をたくさん紹介してくれるって」

（そんな約束まで……）

「だから、白蓮さんが気にすることは何もないのよ。むしろ……辛くない？　皇上《こうじょう》と上手くやっていけそう？」

白蓮は目を丸くして、コクコクとうなずいた。

「大丈夫です……ありがとうございます」

やっと白蓮の顔に笑みが戻ったところで、劉貴妃は満足そうに笑った。

「じゃあ、さっそくお願いできるかしら？　実は白蓮さんがいなくなってから、肩とか腰とかの調子が良くないの。いつもの按摩《あんま》と、もちろん特別なほうも頼むわね！」

「はい、おまかせください」

嬉しそうに寝台の上でゴロンと寝転がった劉貴妃を見て、白蓮はようやく安堵のため息を漏らした。


白蓮は劉貴妃の按摩が終わって、ぐっすりと寝付いたのを見届けてから、瑠璃殿に戻った。

静まり返った寝所に入ると、広い寝台の上には、横たわって静かな寝息を立てる蒼龍がいる。

（寝ちゃってる……）

白蓮がそっと寝台に上がって寝顔を覗き込むと、蒼龍が目を覚ました。

「あ……」

(起こしちゃった?)

申し訳なさそうな顔をする白蓮に、蒼龍は微笑みかける。そしてそっと腕を伸ばし、白蓮の身体を抱き寄せた。

「ごめんなさい、遅くなって……」

蒼龍の温かい腕の中で謝ると、蒼龍は大きな手で白蓮の頭を撫でながら囁《ささや》く。

「謝る必要などない。お前のおかげで一緒にいられるんだから」

「蒼龍さま……」

白蓮は広い背中に腕を回してぎゅっと抱きついた。蒼龍は白蓮の額《ひたい》に口づけを落として、こう尋ねる。

「『仕込み技』は、上手くいったのか?」

白蓮は身体をガバッと起こした。そして驚きに目を丸くする蒼龍に向かって怒る。

「どんな説明をしたのか、ちゃんと話しておいてくれなきゃ困ります! ものすごくヒヤヒヤしたんですよ!?」

「ん?」

「性的不能だなんて、また同じ嘘ついて!」

その言葉に蒼龍はくっくっくと愉《たの》しそうに笑った。膨れたままの白蓮の頬を撫でて言う。

「その気になれないと言われるより、できないのだから仕方ないと言われたほうが、納得できると思わないか？　余計な恨みは買わないに越したことはない」

白蓮はむぅっと唇を尖らせた。

「それは……そうでしょうけど。せめて私には教えておいてくれても……」

「忘れてた。すまん」

あっさりと謝った蒼龍に、白蓮はため息を吐《つ》き、その隣に寝転がる。

「早く……皆さんが自由になれたらいいのに……」

白蓮がそう呟くと、蒼龍は苦笑を浮かべながらその頭を撫でた。

「では、お前が早く皇子を産めばいい。世継《よつ》ぎが決まれば、宮中の動きも自然と落ち着く」

頭を撫でる蒼龍の手が気持ちよくて、白蓮はうっとりと目を閉じる。

「劉貴妃も、同じことをおっしゃっていました……」

「そうか」

白蓮は頭を撫でていた蒼龍の手を掴むと、甘えるように頬を寄せた。

それを見た蒼龍が、白蓮を抱き寄せて唇を重ねる。白蓮はその接吻《せっぷん》に応えつつも、蒼龍の胸をトントンと叩いた。

「どうした？」

唇を離して、白蓮はこう言う。

「三日に一回はお休みです」

「……何？」

一瞬で蒼龍の眉間《みけん》に深いシワが寄った。

「母さまが言ってました。旦那さまに長生きして欲しかったら、三日に一回はお休みさせなさいって」

「何をだ？」

「射精です」

「しゃ……」

蒼龍は目を丸くして言葉を失う。

職業柄、白蓮はこの手の単語を口にするのに、あまり抵抗がない。

「皇子も大事ですが、蒼龍さまに長生きしていただくほうが大事なので。今日はお休みですよ」

蒼龍が脱力して「はぁ～」とため息を吐く。

すると白蓮は顔を寄せ、耳元で囁《ささや》いた。

「今日は疲れが取れる按摩《あんま》をしますね。よく眠れるように」

「白蓮を抱くほうが、よく眠れるのに……」

蒼龍が不満げに呟いても、白蓮は気にしない。

「ふふ。その代わり、明日はとっておきの技をお教えします」

それを聞いて、蒼龍は思いきり怪訝《けげん》な表情をした。

「とっておき……？」

白蓮はニッコリと笑ってうなずく。

「これも母さまに教えてもらいました。黄家の女にしか使えない技です。これを使うと、旦那さまは絶対浮気をしないんですって」

蒼龍は眉間《みけん》にシワを寄せたまま、頭を抱える。

「これは……受けてしまっていいのか？　まさか、黄家の罠……？」

蒼龍がぶつぶつと呟きながら悩んでいる間に、白蓮がうつ伏せになっている蒼龍の上に跨《また》がる。そして勝手に肩から背中にかけて按摩《あんま》を施《ほどこ》し始めた。

「ん……？」

筋肉の凝りや張りをじっくりほぐしていくと、徐々に蒼龍の身体から余計な力が抜けていく。しばらくして白蓮が「どうですか？」と尋ねたときには、蒼龍はすでにぐっすりと眠りについていた。

白蓮はくすっと笑うと、きちんと蒼龍の全身をほぐしてから隣に寝転がる。

実は、劉貴妃にも全身の按摩を行っただけで、『仕込み技』は施していない。

（ハマったら、本当に抜け出せなくなっちゃうものね……）

力強く抱きしめてくれる蒼龍の腕を譲ることは、もうできない。

だからせめて、後宮を出る自由だけは奪わなくて済むように——

そう思い、白蓮はそっと目を閉じた。

＊　＊　＊

蒼龍が宮中でも重要な役職に就《つ》いている貴族の娘を、一通り閨《ねや》に召し終えた頃——劉貴妃から、蒼龍に頻繁に手紙が来るようになった。彼女は茉莉殿に残った妃嬪《ひひん》たちへの根回しにも一役買ってくれている。

「どんな要件ですか？」

あれから問題なく晧月の隣——蒼龍の執務補佐の役職に格上げされた李汀洲が尋ねてきた。

「あ～……」

机に頬杖をついて手紙を広げ、不機嫌そうに眉根を寄せていた蒼龍は、返事を濁《にご》す。

「劉貴妃からでしょう？　後宮に何か問題でも？」

普段はこちらから話しかけるか必要なとき以外は沈黙している。だが重要な案件やここぞというときにはきっちり口を出してくるあたりは、さすがと言うべきか。めざとい男である。

「いや……要約すると、白蓮を閨に召し出す回数を減らせということなんだが」

蒼龍が苦笑を浮かべると、李汀洲は穏やかな表情は崩さず、目だけを冷たく光らせた。

「それは……」

「ああ。つまり俺が白蓮を独占しすぎると、文句を言っている」

閨《ねや》に呼べるのは当然ながら一晩に一人である。茉莉殿の上級妃嬪《ひひん》は残った者だけでも二十四人だ。順番であれば二十四日に一度呼ばれることになるが、そこは当然こちらの思惑により、頻度に差が出る。

そのような状況の中で、蒼龍は三日に一度は白蓮を閨に召しているのだ。瑠璃殿の寝所で毎夜共に過ごしているのだから、そんなに頻繁に閨に召さなくてもいいだろうというのが劉貴妃の言い分である。

「自分たちの按摩《あんま》の回数が減る、と」

「そういうことだ」

李汀洲も、ようやく苦笑いを浮かべた。

「あの娘はそんなに腕が良いのですか？　実家の噂については色々と興味が尽きないところですが」

すると蒼龍は愉《たの》しそうに口端を上げた。

「一度頼んでみたらどうだ？　仮にも親子なんだから」

「はぁ……そうですね。機会があればぜひ」

二人がそんな会話をしていると、晧月が執務室に勢いよく飛び込んできた。

「白蓮さまは、こちらにいらっしゃいましたか⁉」

「何？」

「どういうことだ⁉」

皓月の問いかけの意味するところを瞬時に察し、蒼龍と李汀洲は揃って顔色を変える。

「侍女によると、先触れもなくいきなりこちらの執務室に向かわれたと。ですが、来る途中では見かけませんでしたので、おそらく迷っていらっしゃるのではないかと……」

「なんと……」

あっけに取られた表情の李汀洲の横で、蒼龍はまっすぐに皓月を睨みつけた。そしてすぐさま腹の底に響くような声で命じる。

「皓月、警備に連絡してただちにすべての門を閉めさせろ。鼠《ねずみ》一匹たりとも外へ出すな。俺は白蓮を探しに行く」

それを聞いた李汀洲は、あっけに取られたまま蒼龍に向き直った。

「城門すべてとは……大げさでは？」

蒼龍はニヤリと皮肉っぽく笑ってみせる。

「前科があるのだから仕方ない。まさかとは思うが、念のためだ」

そうしてさっさと執務室を後にした蒼龍を見送り、李汀洲はやれやれとため息を吐《つ》いた。

「前科ね……やはり、とんでもない娘だな」

そう呟いた李汀洲の顔には、苦笑いが浮かんでいた。

＊＊＊

「見つけたぞ」

背後から低くて力の籠《こも》った声が響き、白蓮はその場ですくみ上がった。

今、白蓮がいるのは春興殿にある休憩用の部屋だ。蒼龍の執務室からは遠く離れているが、そのことも、蒼龍が探していたことも、白蓮は知る由《よし》もない。

振り返ると眉間《みけん》にシワを寄せた蒼龍がいて、白蓮はとっさに「まずい」と思った。だが久しぶりに見た蒼龍の袍《ほう》服姿に、思わず見惚《みと》れてしまう。

後宮入りしてからというもの、蒼龍と会うときは、いつもお互い夜着姿でいることがほとんどだった。

引き締まった体躯に、漆黒の髪と瞳が映える濃藍の袍。黒地に金糸で刺繍《ししゅう》がされた蔽膝《へいしつ》は目にも鮮やかで、蒼龍の男性らしい美貌をよく引き立てている。

「蒼龍さま……素敵」

「ん？」

白蓮が自分に見惚れているせいか、蒼龍は多少怒りが治まったようだ。

不機嫌そうな顔で軽くため息を吐《つ》き、白蓮にゆっくりと近づいてくる。

「何をしているんだ、お前は……」

「ごめんなさい。ちょっと晧月さまに会いたくて」

途端に蒼龍の表情は険しいものに変わった。

「晧月に？　一体何の用だ？」

白蓮はどう説明しようか悩みながら口を開く。

「そろそろ、色々な意味で危なそうだったので……」

蒼龍が不審げに顔をしかめた。

「危なそう、とは？」

「えと……目が危ないっていうか……我慢の限界って感じで」

蒼龍は声を荒らげる。

「ますます意味がわからん！　ちゃんと説明しろ、白蓮！」

さらに近づいた蒼龍は、腕を回して白蓮の腰を掬《すく》い上げた。そのまま部屋の隅《すみ》に置いてある休憩用の寝台の上に白蓮の身体を転がす。

「ひゃあっ！」

驚いて顔を上げた白蓮の上にのしかかり、蒼龍は力ずくでその身体を組み敷いた。

「痛っ……蒼龍さま……」

腕を捻り上げられて、白蓮は驚きと痛みに戸惑いながら蒼龍の顔を見上げる。

そこで、蒼龍が本気で怒っていることがやっとわかり、小さく身震いした。

「晧月に何の用だ？　しかも俺に無断で会おうとは。それがどういうことか、お前はわかっていないのか？」

「あの……ごめんなさい。一応晧月さまに確認してから、相談しようと思って」

「だから、何をだ⁉」

蒼龍の怒声が響き、白蓮は怯えてびくっと震えた。

それを見て取った蒼龍は、ふぅっと息を吐いてから身体を起こす。そして一人寝台から下りた。

背を向けたままの蒼龍を見て、白蓮は自分が説明を間違えたことに気付く。

「違うの……前に晧月さまが実家に迎えに来たとき、『秘技』を施《ほどこ》しちゃったから。その……欲求不満になってるんじゃないかって心配で」

その説明を聞き、蒼龍は怪訝《けげん》な顔で振り返った。

「は……？　黄家の『秘技』？」

白蓮はコクンと小さくうなずいた。

「遠目にだけど、私のことを見る目つきがまずい感じだったから。変なことになる前に相談しなきゃって思って……」

「まずいって何だ？　あいつがお前のことを襲うとでも？」

「違います！　襲うんじゃなくて、あの……襲われにくるっていうか……」

蒼龍はまたしても訳がわからないという風に眉をひそめた。

「あれは……本当にクセになるんです。法外な料金を取れるのは、それでもお客さんは確実にまた来るから。中毒みたいなものです」

「……皓月もそうなっていると？」

白蓮が確信をもって強くうなずくと、蒼龍はもう一度ため息を吐《つ》いて、その隣に静かに腰かけた。

「襲われにくるとは、どういう意味だ？」

そう問いかけられ、白蓮は多少申し訳ない気持ちになり、うつむきながら答える。

「それは……私が施術のときに、少し『しつけ』をしてしまったので……」

「しつけ？」

蒼龍はまた眉根を寄せる。

「そのときは私が一方的に攻めちゃったので……多分それが皓月さまの性癖に反映されてると思います」

しばらくの間、黙って白蓮の言葉を反芻《はんすう》した後、蒼龍は頭を抱えた。

「つまり……あいつは今、白蓮に攻められたくて仕方がない状態になっていると？」

白蓮は、その通りだとうなずいた。

「はぁぁ～……」

蒼龍はまたしても憂鬱《ゆううつ》なため息を吐《つ》き、こめかみを軽く指で揉んだ。

「では今宵お前を閨《ねや》に召すから、その場に皓月も呼ぼう」

「え？　いいんですか？」

白蓮は驚きに目を丸くした。

「ただし、皓月への施術は俺の前でやってくれ。二人きりはだめだ。お前と二人きりにするくらいなら、あいつを地方に飛ばすか首を切る」

白蓮はぎょっとして、蒼龍の表情を確認したが、その目は真剣だった。

「それと……」

蒼龍は白蓮と目を合わせ、漆黒の瞳に欲望を滲《にじ》ませる。

「え、今？」

「今宵、皓月に邪魔される分は、今もらうぞ」

白蓮は慌てて部屋の入り口を確認したが、扉はいつの間にかきっちり閉じられていた。

「皆、お前が与える施術に夢中になっている。だが……お前自身を味わえるのは、俺だけだ。そうだろう？」

手をそっと握られ、近づいてきた蒼龍の熱い吐息が耳にかかる。

ぞくっと背中を駆け上った快感は、あっという間に白蓮の身体にも情欲の火をつけた。

「そう、です……蒼龍さま……」

白蓮が吐息まじりにそう答えると、蒼龍は愉悦《ゆえつ》を含んだ笑みを浮かべる。そして唇をそっと重ねてきた。

舌を絡めてお互いをじっくりと味わい、唇を離した蒼龍がまた耳元で囁《ささや》く。

「もっとだ、白蓮……まだ全然足りない……」

白蓮は蒼龍の首に腕を伸ばし、もたれかかるように身体を預けた。

「どうぞ、お好きなだけ……蒼龍さまになら、全部食べられてしまってもいいの……」

見つめ合い、深い口づけを交わしながら、二人は寝台の上にもつれ合って倒れ込んだ。

終章　エピローグ

白蓮が正式に後宮入りしてから約三月が経とうとしている。

瑠璃殿の侍女から「今宵、皇上《こうじょう》からのお召しがございますので、お支度をさせていただきます」という定番の声掛けがあり、白蓮は目を見開いた。

「また……？」

思わずそう呟くと、侍女はおっとり微笑む。

「ご寵愛《ちょうあい》が深いのは大変宜しいことかと」

「んー……」

白蓮は首を傾げて、微妙な表情を浮かべた。

当初心配していた、茉莉殿の妃たちからの抵抗はほとんどない。だが、全くないわけではなかった。

しかし、そういった妃は蒼龍が早々に手を回し、強制的に後宮から下がらせた。

そのうち妃たちは、納得はいかないものの我慢して後宮に残る者と、さっさと諦めて自ら後宮から下がる者とに分かれていった。

上級妃嬪《ひひん》たちは矜持《きょうじ》もあってか、白蓮に対して友好的である。それは、劉貴妃が全面的に白蓮の存在を受け入れていることも大きかった。

劉貴妃は閨《ねや》に召される回数も、白蓮を除けば一番多い。もし彼女が今の流れを気に入らないと言えば、皆がそれに追随しただろう。

その劉貴妃でも、閨に召される頻度は七日に一度がいいところだ。なのに蒼龍は白蓮を三日と置かずに閨に召している。

そうでなくとも毎夜、瑠璃殿で寝所を共にしているのだから、こんなに頻繁でなくてもいいのではないか――

白蓮はそう考えている。うしろめたさもあり、できる限り妃嬪たちを刺激したくないと思っていた。

白蓮は青瓷殿の渡殿《わたどの》を通って閨に入る。すると寝台に腰かけていた蒼龍がすぐに手招きをした。

素直にそちらに向かった白蓮の腕を掴み、その身体を抱きしめたままゴロンっと寝転ぶ。

「ひゃっ」

一緒に勢いよく転がされた白蓮は、びっくりして目を丸くした。

「んー……やはり、お前はいい香りがするな」

白蓮に抱きつき、ふくよかな胸に顔を埋めた蒼龍は、甘えるように頬をすり寄せる。

「蒼龍さま……お疲れですか？」

そう尋ねると、蒼龍は目をつむったまま大きく息を吐《つ》いた。

「大丈夫だ。お前を抱いていれば、それだけで吹き飛ぶ」

閨《ねや》に召される回数が必要以上に多い理由を聞いてみようかと思ったが、白蓮は口をつぐんだ。蒼龍の顔には疲れが表れている。

（蒼龍さまを癒《い》やすことが、私にできる唯一の手助け……）

「蒼龍さま……今宵は何もせず、ただ横になっていてください」

その言葉に蒼龍は目を見開き、すぐに不満げな表情を浮かべる。

「いやだ。二日前に休んだだろう。まだ『お休み』の日じゃないぞ」

背中に腕を回され、ぎゅうっと力任せに抱きしめられて、白蓮は慌てた。

「違いますっ、そういう意味じゃなくて……」

「ん？」

怪訝《けげん》な顔をする蒼龍に、白蓮は微笑んだ。

「今宵は私がします。蒼龍さまは、じっとしててください」

蒼龍は白蓮に言われた通り、寝台で仰向けになった。多少の警戒心を顔に滲《にじ》ませつつ、白蓮の一挙一動をじっと見つめる。

白蓮は蒼龍と目を合わせながら、その上に跨《また》る。そして蒼龍の腰紐を解《ほど》き、夜着の前をゆっくりと開いた。

蒼龍のすべらかな肌と鍛《きた》えられた体躯が露《あら》わになる。白蓮はそれを指先ですうっとなぞった。

「ん……」

眉根を寄せて、蒼龍は軽い吐息を漏らす。

「蒼龍さま」

白蓮は蒼龍の顔の横に手をつき、上半身を屈《かが》めて唇を近づけた。

「やっぱり素敵です……蒼龍さまに触れると、いつも胸がドキドキします……」

その言葉に蒼龍はふっと苦笑した後、白蓮の頬に手を触れ、軽く撫でる。

「俺の見た目は、お前好みだということか?」

白蓮は目をパチパチと瞬《しばた》かせてから、首を小さく横に振った。

「見た目だけじゃなくて、蒼龍さまの全部が好き……」

そう囁《ささや》き、白蓮は蒼龍の唇に柔らかな接吻《せっぷん》を落とした。

それに応えて蒼龍が口を開くと、白蓮は遠慮がちに舌を差し入れる。蒼龍はそれを自らの舌で絡め取り、強めに吸い付く。

白蓮は敏感な口内で蒼龍の舌の感触と熱さを感じ、ぞくぞくした。

「お前は口づけに弱いな」

蒼龍は笑みを浮かべ、からかうように囁《ささや》く。そして白蓮の夜着の裾からそっと手を入れた。

「やっ……あ……」

白蓮の内腿《うちもも》を撫でながら秘部に指を伸ばし、蒼龍はふっと笑った。

「ほら、もう溢れてきている」

愉《たの》しげに笑いながら、そのまま探るように指を滑らせる。そして白蓮の反応を見ながらゆっくりと指を挿《い》れた。

「あっ……んんっ、だめ……蒼龍さま……」

思わず腰を浮かせた白蓮が、蒼龍の上で身を捩《よじ》る。すると蒼龍は、ハッキリとした口調でこう言った。

「白蓮、俺は『される』より『する』ほうが好きだ」

真顔でそんなことを言うので、白蓮は蒼龍をまじまじと見つめ返す。

「……なんとなく、知ってました」

「そうか」

「だから……例の技も私に『される』ものと思って、躊躇《ためら》われているのですか?」

白蓮の問いかけに、蒼龍は一瞬だけ顔をしかめる。

「……とっておき、というやつか?」

「そうです。せっかく母さまに教わったのに……」

白蓮が不満げに頬を膨らませると、蒼龍は軽くため息を吐《つ》いた。

「黄家の『秘技』は、正直恐ろしい。ただでさえ俺は、お前のことになると冷静でいられないのに……これ以上ハマったらどうなるか」

すると白蓮は、首を傾げてこう答える。

「でも、とっておきの技は蒼龍さまが『する』ほうで、私が『される』側ですよ？」

「……何？」

蒼龍は目を丸くした。

＊　＊　＊

まんまと乗せられたような気がしなくもない――

白蓮からとっておきの技とやらのやり方を教わった蒼龍は、一度は試してみてもいいかという気になった。

まずはいつもと同じく蒼龍が白蓮を組み敷く。彼女の弱点である耳や首すじに舌を這《は》わせながら、すでに蜜が溢れている白蓮の膣内《ちつない》を指で探る。

媚肉をなぞるように指を動かし、特に感じる箇所を集中して攻めてやると、白蓮がぎゅっとしがみついて腰を浮かせた。

「やぁ……あっ、んんっ……蒼龍さまぁ……」

白蓮の高くて甘い声が響き、蒼龍はますます夢中になっていく。

滑《なめ》らかで指に吸い付く肌や、触れると溶けそうに柔らかい乳房の感触を、飽きることなく愉《たの》しんだ。

やがて白蓮の身体をうつ伏せにし、うなじに口づけを落とした。そして背中からくびれた腰のあたりまでを手で優しく撫でる。

白蓮は心地好さそうに目をつむって敷布を掴み、薄く目を開いた。

上気した頬が赤く染まり、なんとも言えない色香を放っている。

蒼龍は白蓮の背中に覆《おお》いかぶさって、足の間に手を伸ばす。すると白蓮が焦《じ》れたように腰を浮かせた。

「早く……蒼龍さまの……」

潤んだ瞳に、切なげにひそめられた眉。そして乱れた吐息と、軽く開かれた唇が怪しく誘う。蒼龍は思わず息を呑んだ。

「お願い……蒼龍さま……」

白蓮が伸ばしてきた手を掴み、蒼龍はその腿《もも》を開かせる。そして自身の欲望を蜜口にあてがい、背後から一息に貫《つらぬ》いた。

「あぁぁぁぁっ！」

媚肉が蒼龍のものに纏《まと》わりつき、締めつけてくる。

ただでさえ油断すると、すぐに達《い》かされてしまいそうになるのに――

蒼龍が奥まで貫いた状態のまま動かずに、蜜壺の感触を味わっていると、白蓮が振り返って言った。

「先ほどお教えした場所……わかりますか？」

官能に身を震わせながら囁《ささや》く白蓮に、蒼龍はうなずきを返す。

「ああ……ここだろう？」

蒼龍は指を滑らせると、ふるんとした丸い曲線を描く白蓮の臀部《でんぶ》の、ある一箇所で指を止めた。

「左右同時に……少し強めに押してください……」

白蓮はそう言い、刺激に備えてぎゅっと敷布を掴んだ。

躊躇《ためら》いつつも、蒼龍は言われた通りに左右の同じ個所へ、親指をぐっと強めに押し込む。

「んんっ！」

白蓮が、腰をびくっと大きく震わせた。それと同時に、蒼龍の剛直を包む媚肉がうねり、奥に吸い込まれるような蠕動《ぜんどう》が起きる。

「くっ……！」

きゅっと一層強く締めつけられ、それに絶え間ないうねりが加わり、蒼龍はあまりの刺激の強さに動くことができなくなった。

「やぁっ……あ……あぁんっ」

白蓮の口からは、ひっきりなしに嬌声が漏れ出す。繋がっているだけなのに、まるで激しく穿《うが》っているかのようだった。

「白蓮……これでは、動けないっ」

「あっ……はぁっ、ああ……んんぅ……あっ……」

快感が強いせいなのか、白蓮の耳には蒼龍の声が届いていない。

波のごときうねりは次々に襲ってきて、蒼龍は今にも精を吐き出しそうになる。

「だめっ……蒼龍、さまっ…………もうっ」

白蓮が切羽《せっぱ》詰まった声を上げ、ぎゅうっと強く敷布を握り込む。寝台にうつ伏せて腰だけを高く持ち上げたまま、大きく腰を震わせた。

一際《ひときわ》強い締めつけと震えが伝わってきて、今度こそ蒼龍も堪《こら》え切れなくなった。そのまま白蓮の膣内《ちつない》に勢いよく白濁《はくだく》を放出する。

「ひぃあっ……やぁっ……だめっ、いや……」

敏感になりすぎているのか、白蓮は蒼龍の吐き出した白濁が奥に打ちつけられる感触にすら激しく反応した。

今まで白蓮がこれほど乱れたことは、記憶にない。

自身にとってもかなり刺激が強いと感じたが、白蓮のほうがより敏感になっていることに気付き、蒼龍は愉悦《ゆえつ》の笑みを浮かべた。

まだ硬さを保ったままの肉棒で奥を突き上げてやると、白蓮は泣きそうな声を上げる。

「やっ……いやっ、蒼龍さま！　もぉ、だめっ……」

白蓮が達したせいか、あの強いうねりと蠕動《ぜんどう》はすでにやんでいた。

ようやく動けるようになった蒼龍は、ゆっくりと奥を突く。白蓮の鋭敏な反応を見て満足し、そのまま激しく膣内《ちつない》を穿《うが》った。

「ああっ、いやぁっ、あっ、んぁっ、あっ、ああ……」

ひっきりなしに声を上げ、こちらの意のままに翻弄《ほんろう》される白蓮の姿に、蒼龍は煽《あお》られ続けた。そうしてその後、二回続けて精を吐き出した。

散々攻められた白蓮はぐったりとして敷布に沈み、蒼龍に恨みがましい視線を向けてくる。だが蒼龍のほうは充分に満足していた。

「とっておきの技は、かなり気に入ったぞ？」

蒼龍がそう声をかければ、白蓮は「こんなはずじゃなかったのに……」と小さな声で呟いた。

この技を教えた白蓮の母曰《いわ》く『旦那を虜《とりこ》にする技』なのだという。

「確かにその通りだな」

「え……？」

蒼龍は白蓮の頭を優しく撫でて、隣に寝そべった。

「元からそうだったが、ますますお前の虜になった」

白蓮は顔だけを上げて蒼龍を見つめ、ぽうっと頬を染める。

「本当に？」

蒼龍は口の端を上げてニヤッと笑い、からかうように答えた。

「寝所で思いきり乱れてくれる妻を、可愛いと思わない夫はいない」

白蓮は顔を真っ赤に染めて、敷布に顔を埋めたまま、ぐるんと背を向ける。

「蒼龍さまの意地悪っ！」

蒼龍は大きく笑い声を上げた。寝台の上を逃げ回る白蓮をようやく捕まえてから、耳元でそっと囁《ささや》く。

「俺を心身ともに癒《い》やしてくれるのは、お前だけだ」

白蓮は蒼龍の腕の中で振り返り、拗《す》ねた表情のまま背中に腕を回して、抱きついてきた。

そのまま抱き合いながら目をつむれば、ほどなくして、二人に穏やかで優しい眠りが訪れた。


それから一月と経たないうちに、白蓮が懐妊した。

本人も侍女たちも、月のものが来ていないことには気付いていた。だが慣れない貴妃としての暮らしにより遅れている可能性もあるので、慎重に様子を見ていたのだ。

食欲はあったし、体調にも変わったところはなかった。だが侍女たちが「さすがにそろそろ……」と言い出したので医師に診てもらうと、懐妊が判明した。

蒼龍の喜びようは白蓮の想像以上で、侍女から報告を受けると執務も何もかも放り出して、瑠璃殿へと駆け込んできた。

「白蓮！」

外に面した部屋で庭を眺めていた白蓮は、蒼龍の剣幕に驚いて飛び上がる。

「はいっ！」

振り返ると同時に強い力で抱きしめられ、白蓮は目を白黒させた。

しばらくそのまま抱きしめられていたら、蒼龍の腕が震えていることに気付き、白蓮はおそるおそる声をかける。

「蒼龍さま……？」

「……良かった、白蓮」

蒼龍はゆっくりと身体を離し、白蓮の顔をじっと見つめて、嬉しそうに微笑んだ。

それ以来、白蓮が閨《ねや》に召される回数は、他の貴妃たちと変わらない程度に落ち着いている。

これまで頻繁に閨に召していた理由を蒼龍に聞けば、白蓮を寵愛《ちょうあい》していることを貴族たちに示し、後宮における白蓮の立場を揺るぎないものにしたかったのだという。

もし長い間皇子ができなかった場合、後ろ盾が弱い白蓮は後宮にいづらくなる。それればかりか、蒼龍が白蓮以外の貴妃との間に皇子を作るか、もしくは皇位を退《しりぞ》かねばならなかっただろうと聞いて、白蓮は驚愕した。

「こればかりは、何とかしようとしてどうにかなることではない……」

蒼龍が弱ったように呟くのを聞いて、白蓮はもっと早く医師に診てもらえば良かったかな……と思ったのだった。

＊＊＊

龍華幻国第二十三代皇帝——興蒼龍は、即位してから十年経った後にようやく皇后を迎えた。

相手は平民出身であるが下級貴族の養女となって後宮入りを果たした娘で、名を李白蓮という。

興帝は戦《いくさ》のない平和で安定した御世《みよ》を築いたのと併せて、皇后を迎えたのを機にそれ以外の妃をすべて後宮から下がらせたことでも有名である。

後宮を事実上解散してしまったことで、愛妻家《あいさいか》としても歴史にその名を残した。

夫妻は三人の子に恵まれ、大病もせずに共に幸福な晩年を迎えたと云《い》われている。

初恋の王子との結婚に胸躍らせる小国の王女アンリエッタ。しかし、別人のように冷たく変貌した王子は、愛を告げるアンリエッタを蔑み乱暴に抱いてくる。王子の変化と心ない行為に傷つきながらも、愛する人の愛撫に身体は淫らに疼いて……。愛憎渦巻く王宮で、秘密を抱えた王子との甘く濃密な運命の恋！

定価：本体1200円+税　　Illustration：涼河マコト

生まれてすぐにかけられた魔女の呪いの影響で、永い眠りについていたウルリーカ。百年後、淫らなくちづけで彼女を目覚めさせたのは、一人の美しい男。しかし彼は、ウルリーカの両親を殺した男の末裔《まつえい》だった。さらにその男・ヴィルヘルムは、ウルリーカが眠りに落ちるたびに淫らなくちづけと、めくるめく快楽を与えてきて――

定価：本体1200円+税　Illustration：おぎわら

Noche ノーチェ

甘く淫らな　恋物語

黒狼の執愛に翻弄されて……

定価：本体1200円＋税

シークレット・ガーデン ～黒狼侯爵の甘い罠～

著 神矢千璃　イラスト SHABON

教会で暮らすブルーベルのもとに舞いこんだ、冷血な黒狼侯爵との縁談話。初恋の人を忘れられない彼女は、この縁談を断るつもりでいた。しかし、侯爵家で彼女を待っていたのは初恋の人と同じ名を持つ青年侯爵。強引で淫らな彼が時おり見せる優しい一面に、ブルーベルの心は揺れ始めて——？　身も心もとろける、執着愛ロマンス!

「朝まで寝かせないから、覚悟して?」

定価：本体1200円＋税

仕組まれた再会

著 文月蓮　イラスト コトハ

地味な大学生リュシーは、美しい留学生と恋に落ちる。幸せも束の間、「彼は隣国の王子で、君には相応しくない」と彼の側近に言われ、身を引くことに。しかし、その直後に妊娠が判明。6年後、ひっそりと彼の子を育てていたリュシーは彼と再会するが、息子のことがバレそうになった時、「父親は別の男」だと嘘をついてしまい——

詳しくは公式サイトにてご確認ください。

http://www.noche-books.com/

掲載サイトはこちらから！

柊あまる（ひいらぎ あまる）
埼玉県在住。2014 年より Web にて小説の投稿を始める。
2015 年に出版デビュー。趣味は読書とテニス、車の運転。

イラスト：大橋キッカ

本書は「ムーンライトノベルズ」（http://mnlt.syosetu.com/）に掲載されていた作品を、改稿のうえ書籍化したものです。

美味《おい》しくお召《め》し上《あ》がりください、陛下《へいか》

柊あまる（ひいらぎ あまる）

2015年 2月 28日初版発行

編集－及川あゆみ・羽藤瞳
編集長－塙綾子
発行者－梶本雄介
発行所－株式会社アルファポリス
〒150-6005東京都渋谷区恵比寿4-20-3 恵比寿ｶﾞｰﾃﾞﾝﾌﾟﾚｲｽﾀﾜｰ5F
TEL 03-6277-1601（営業）　03-6277-1602（編集）
URL http://www.alphapolis.co.jp/
発売元－株式会社星雲社
〒112-0012東京都文京区大塚3-21-10
TEL 03-3947-1021
装丁・本文イラスト－大橋キッカ
装丁デザイン－ansyyqdesign
印刷－株式会社廣済堂

価格はカバーに表示されてあります。
落丁乱丁の場合はアルファポリスまでご連絡ください。
送料は小社負担でお取り替えします。

ISBN978-4-434-20335-0 C0093